大屋中的葛瑞絲

GRACE IN THE HOUSE

小葉欖仁　著

目次

初章　那位警官

有沒有人聽說過，關於「那棟房子」的傳聞呢？

那棟無處可尋又無所不在的。

鬼怪棲息著的。

火光滿溢的。

只有正面的。

——無數人失蹤的大屋。

如果聽說過了，那麼拜訪它就是遲早的事。

而在拜訪之前，這裡有一項警告、或者說是建議。

不要從大門進入屋裡，那將換來一場「噩夢」。

但如果是從後門進入的話，來者將得到「屋主」的「款待」。

以上。

翻開不久前下屬拿來的報告，艾德用手擠了擠眉心，他褐色的眼掃視著文件，然後嘆了一口氣。

失蹤案件、又是失蹤案件。

這都是第幾起了？

此地是一座靠湖的小鎮，而艾德是這裡的警長。值得一說的是，現在都二十一世紀了，大眾對「警長」這個詞的印象，卻還停留在上世紀末的西部電影裡——牛仔帽、長靴、轉身開槍的決鬥，還有胸前亮晶晶的星形徽章。

然而這些艾德都沒有。

曾經是因為憧憬電影裡的形象，所以才當上警長，不過在這小鎮裡，大多時候除了些雞毛蒜皮的小事，也就只有裝忙用的假公文值得艾德頭痛。連服裝也只是呆版的黑衣長褲。

且近來偶發的失蹤案件又搞得他焦頭爛額。

「我也不年輕了啊……」艾德呼地吹落辦公桌上的灰褐色髮絲，哪怕他還保持著精壯的體型，步入中年的事實卻還是會在這種細節顯現出來。

調出其他失蹤案的檔案，與手上這份一一比對，線索依舊少得可憐。

老人、小孩、男女青年，富人或者窮人，失蹤者在身分上可說是完全沒有共通點。

共通點？艾德想起一件事，於是對旁邊的下屬問道：「那棟大屋找到了嗎？」

對，大屋。

關於在失蹤案發生前的報告，所有人的證詞都相當一致——失蹤者曾拜訪一棟大屋。

可是關於大屋的所在地、外觀特徵等等，卻沒有任何明確情報。

只在大霧裡出現的屋子、惡魔居住的房子等等……盡是一些沒營養又參雜迷信的傳聞。

艾德非常清楚，在這個鎮上或是郊外，除自己居住的地方算是寬敞外，根本沒有能稱得上「大屋」的建築。

如果那些人都是在自己家失蹤的，那也太荒謬了。艾德忍不住為自身的想像發笑。

一邊比對文件一邊啜飲警署難喝的咖啡，就這麼過了整個下午。

「鈴鈴鈴鈴鈴——鈴鈴鈴鈴鈴——」

手機鈴聲響起，艾德瞥了眼時鐘——也是這個時候了，他按下通話鍵，清脆童音伴隨徐緩的語調傳入耳中。

「是艾德哥哥嗎？該回家了喔，你答應過每晚都要唸故事給我聽的。」

聲音的主人名叫葛瑞絲，是個大約十歲的女孩，據說她的雙親都在某場事故中「離去」。而對於舉目無親的她，艾德在一年前便透過收養的方式，成為了他的監護人。

「呵。」他還記得當初住進葛瑞絲的大宅時，自己那副不搭調的糗樣。

「艾德哥哥，怎麼了？」

明明都是可以當父親的年紀了，可葛瑞絲依然叫艾德「哥哥」，這就是小孩特有的純真吧？

艾德回道：「只是在想事情，我很快就會回去。」

「那我等著你喔。」

「嗯，」艾德想到葛瑞絲現在是單獨在家，便說：「最近家附近有什麼奇怪的事嗎？」

「沒有喔，怎麼了？」

「只是最近不太安寧，妳也小心點……或許該幫妳找個保姆？」

「我想我不需要更多人來照顧我了。」

「那我現在就回去。」

艾德闔上手機，收拾好隨身物品，即便離開。

站在家門前，艾德凝視著這棟只有後門的屋子。

似乎是因為建在緩坡上和一些愚蠢工程錯誤的緣故，這棟堪稱豪宅的房子，它的前門被直接掩埋在土坡中，只剩後門可供通行。

奇怪歸奇怪，但在這生活過一段時間，習慣以後也沒什麼不方便的。

「葛瑞絲，妳在嗎？」

在艾德進入屋子的同時，聽見開鎖聲的葛瑞絲也緩緩走出。

「你總算回來了，艾德哥哥。」

她有著一頭長長的金髮與白皙肌膚，和年紀相襯的臉蛋與小個子。除了膚色白到有些病態、與陰沉的黑眼圈外，她就是一個正常可愛的小女孩。

說實在的，她是會被戀童癖者盯上的典型。失蹤名單裡有小孩子嗎？對於自己獨自外出工作，留她一人在家的事實，艾德也感到相當緊張。但不知怎地，葛瑞絲對找保姆這件事一直都不怎麼上心。

不知不覺都拖到現在了。艾德暗自下定決心，下周就要雇個人進來。

「吃過了嗎？」他問。

「嗯，已經吃過了，你的份就放在桌上。」

葛瑞絲笑道。她雖只是個小女孩，在許多事情——例如煮飯洗衣等家事上，卻比艾德更加幹練，每每在他回家前，她就將一切打理好了。

他雖有多餘的錢，卻不太懂得照顧他人，說實話，在遇見葛瑞絲以前，他還過著邋遢無比的生活。

一個四十多歲的男人，生活卻因一個十歲孩子而有了規律。這是好事，但兩人的年齡差卻令他感到難堪。

艾德很快地掃空美味的飯菜，洗澡後卻沒像往常一樣大口灌著生啤，而是直直走到葛瑞絲的房間。

已經答應她了，會唸床邊故事給她。

艾德打開葛瑞絲的房門，昏暗的環境下，能隱約看到她已經換好睡衣、躺在床上等著了。艾德點亮床頭櫃上的小夜燈，從旁邊的櫃子上抽出一本童書，並坐在葛瑞絲床緣。

「你今天要唸什麼給我呢？」

「我看看……這個故事叫做《小美人魚》。」

「那是一個什麼樣的故事？」

「那就要妳自己去感受了，不過，」艾德問：「像我這樣粗魯的老男人，妳怎麼會想聽我唸故事？」

「你已經問過好幾次了。」葛瑞絲微微皺眉。

「但妳還沒有回答我。」

「因為你是艾德哥哥。」

「什麼？」

葛瑞絲沒有回答，只說：「以前媽媽常給我唸床邊故事。」

艾德沉默。他輕碰葛瑞絲眼下的黑眼圈，是失去雙親的哀傷，讓它歷經一年都不曾淡去嗎？如果繼續唸著故事，能讓它消退的話，那就唸吧。

艾德翻開書冊，用他低沉沙啞的聲音，以盡量舒緩的語氣唸著。

從前從前……

在湛藍海面的深處，有一位人魚公主，她愛上了一位人類王子……

艾德唸著，葛瑞絲則饒有興致地聽著，低沉的男聲中不時參雜女孩輕靈的笑聲，隨時間過去，手中的書冊愈翻愈薄，終於——

「噹——！噹——！噹——！噹——！」

九點的鐘聲響起，艾德唸完最後一句，伸手整理葛瑞絲的前瀏海，接著起身，道：「晚安，葛瑞絲。」

「晚安，艾德哥哥。」葛瑞絲整個人縮進厚厚的被窩裡，平坦的床上頓時凸出一座小山，她缺乏安全感的舉動讓艾德不禁多看了一下。

「真是個好故事、好故事啊……」

極細的私語，伴隨哼哼的竊笑從那棉被底下傳出。

「妳剛剛說了什麼嗎？」

「不，沒什麼。」

他繼續聽到葛瑞絲的竊笑，孩童或許就該是這樣，莫名開心、莫名發怒，他們的情緒就是莫名的。關上夜燈，整個房間暗了下來，艾德緩步走出房門。

人很難完全了解另一個人，但他們相處也有一年了，艾德對葛瑞絲的了解卻沒增加多少，這也讓他感到驚嘆。

葛瑞絲……

多麼可憐、又不可思議的女孩。

艾德想著，灌了幾口酒，便回房休息去了。

貳章　那棟大屋

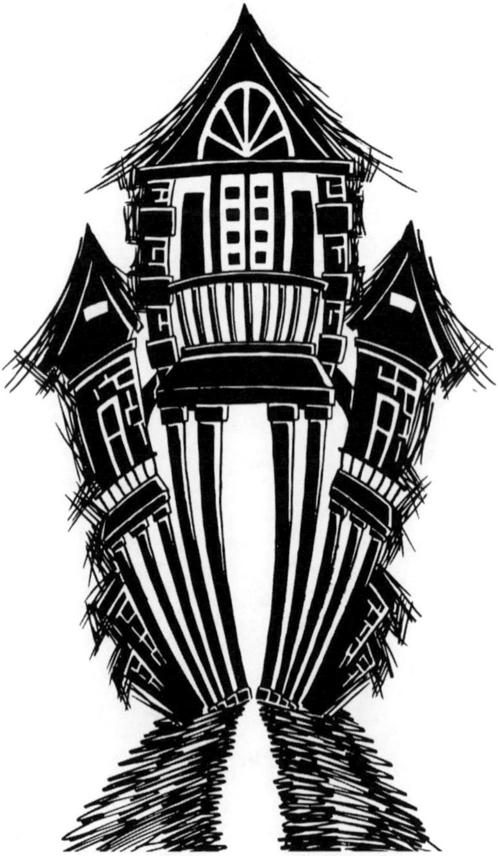

今天，湖面籠罩在一片霧氣之中。

湯姆靠在湖邊的欄杆上，緊緊閉眼、再睜開，他搖搖頭，讓涼風吹散一身酒氣。

這座湖沒有名字，鎮裡人只把它稱作「大湖」，但湯姆知道它其實一點也不大，步行的話只要兩小時就能環繞一圈。可奇怪的是，大湖不管季節如何，在湖中心一定瀰漫著濃霧。

現在又是清晨，濕氣最重的時刻，連湖周也飄散層層霧氣。

和朋友們開派對到早上的他，習慣事後到湖邊吹風醒酒，而今天是特別的。

「不覺得很神祕嗎？」湯姆對蹲坐在身旁的女性說道：「潔西卡，妳不想一探究竟嗎？」

名叫潔西卡的女性，和湯姆一樣都是二十來歲，很明顯是漂染的灰髮綁成馬尾，臉上長著雀斑的她，本該給人洋溢青春活力的印象，現在卻因宿醉而頭痛不已。

湯姆與她在派對上認識之後，馬上就被她熱褲和細肩帶上衣的裝扮吸引。派對一直鬧到凌晨才解散，湯姆心血來潮，便帶她到習慣的地點吹風。

「是個好地方……」涼風減緩了潔西卡的頭痛，她擠擠眉頭：「但有什麼好探究的？我們都住在鎮上多久了，還不熟嗎？」

「別這麼說，妳起來看看，在這霧裡，什麼東西都變得不一樣。」

湯姆拉著她站起，潔西卡看著濃霧，說：「不會有危險吧？」

「放心，這裡的水不深，而且就算掉下去了，游到對岸的距離也沒很遠。」

潔西卡繼續往濃霧裡望，岸邊的樹枝、雜草與房屋在霧中變形扭曲，像在招手一樣，對她產生了莫名的吸引力。

「好像也蠻有趣的！能借到船嗎？」

看見潔西卡興致高漲，湯姆笑著從口袋裡拿出一串鑰匙：「我沒跟妳說過嗎？」

「什麼？」

「我爸是開租船場的。」

湯姆直接帶潔西卡走到一艘釣魚小艇邊，它只有兩個座位，光亮如新的船身上畫著鮮明的藍白條紋，整體保養得非常完美。

「她很美吧？這可是剛下水才幾個月的新船。」發動引擎，引擎隆隆的轟鳴讓兩人宿醉的腦袋又是一痛。

「嘿嘿！船的消音器可沒那麼好找，」湯姆說道：「如果湖中有怪物，就往牠腦袋來一發，或打一條魚！」他炫耀似的掏出一把手槍。

瓦爾特P99，父親送給他的生日禮物。雖然不是什麼特別的型號，但這是身為男人的湯姆，人生中擁有的第一把槍，為此他還特地去考了擁槍許可證。

「把那個收起來，我相信不會用到的。」潔西卡看著對方小孩似的舉動，這個昨晚認識的大男孩，給她留下了不錯的印象。

她登船，湯姆便踩下油門，小船滑過水面並拖出片片漣漪，兩人就這麼往湖中央駛去。

正如湯姆所說，從濃霧裡往外看，潔西卡發現一切事物都變得不同。四周熟悉的房屋、景象全糊成一片，朦朧且帶有迷幻色彩，就像回到昨晚的派對般。

但這裡靜謐多了，而且溼涼得令人發顫。

「很棒，是吧？」湯姆放掉油門，讓船身依慣性劃過水面：「我也是第一次在這時間開船。」

「是很棒，我能在這待上整個上午。」

「那可不行，大家都還有正事——上課、工作什麼的。」

「不要提這種煞風景的話題，好嗎？」

「我的錯。」湯姆擺手，腳用力往油門一踩，小船忽然加速前進，潔西卡不慎被濺起的水花潑了滿臉。

「你做什麼！」

「我爸告訴我的醒酒方法，我想這個永遠有效。」

「……」

「……」

「哈哈哈哈哈——」

「哈哈哈——」

「「哈哈哈哈哈哈——」」

兩人笑著，船直直駛向湖心。過了一會，潔西卡把手放到水中輕划，忽然間，她尖叫一聲。

「呀!!」

「怎麼了？」湯姆也嚇了一跳。

「剛剛……水裡好像有像手一樣的東西、冰冷的手在碰我。」

「什麼？」湯姆停船並往潔西卡視線的方向望去：「或許只是水草吧？」

「可是那個觸感，就真的像……」

「妳太緊張了，」湯姆看著潔西卡手臂上整片的雞皮疙瘩：「又或者是太冷了。」湯姆脫下外套，把它披到潔西卡身上。

「謝謝……」潔西卡緊攥外套領口，讓它緊緊地包在身上：「但我覺得這裡真的有點不對勁。」

「好吧，我們這就離開。」湯姆也開始覺得氣氛有些不對，他調轉船頭並踩下油門，但在這一瞬間，引擎發出異樣的雜音，明明是非常刺耳的機械聲，但聽在兩人耳裡，卻像是調高幾度的人聲。

從前，從前……在湛藍的……深處，有一位，人魚……她愛上了，王子……

兩人聽出這樣的話句，同時應已調轉的船頭就像剪去過程般，回到原本的位置。

「怎麼回事？」潔西卡叫道：「剛剛那個，你有聽到嗎？」

「沒事的，我們這就回去。」湯姆連忙安撫對方，並嘗試再次調轉船頭，他感到一種巨大的危機感，但也來不及後悔了。湯姆拚命轉動方向盤，它卻如焊死了般絲紋不動，引擎聲愈加尖銳，驟升的運轉速度讓馬達開始冒煙。

「趴下！然後抓緊！」湯姆大喊，並拉著潔西卡臥倒，兩人的手緊緊握住船緣鐵桿。

船猛然加速並朝湖中央衝去，濃霧遮蔽他們的視野，濃重的濕氣與風壓令他們喘不過氣，引擎迸出火花，然後開始燃燒，發出連續的碰碰聲。

行進中，湯姆把頭微微上仰，在霧中漫射的幽藍光影深處，隱約透露出一座大屋的影子，左右棟兩個大窗就像炬眼般凝視他們。

有人住？雖然在湖中央出現一幢民宅很不對勁，但現況也由不得湯姆選擇了，他對潔西卡說道：「數到三，我們就跳下水。」

「嗯。」潔西卡慌忙地脫下外套，否則浸水的厚布會讓她游不動。

「一……」

「二……」

「三！」

「撲通」二人同時下水，並往大屋的所在地游去，冰冷的湖水讓他們的神經繃至極限，就算到岸上了也不得放鬆。

此時搭來的小船引擎發出尖銳的悲鳴，碰地一聲爆炸，小船燃燒著緩緩沉沒。兩人深吸幾口氣，強壓下心中的不安，開始仔細觀察這棟大屋。

它是建在湖心孤島上的，高約三層樓，除屋頂最高的主棟，還有左右兩個副棟，主棟只有應對在閣樓處有開一道扇形窗，副棟則各亮著兩個方窗。深灰色的磚牆，黑色的尖頂，深棕的窗框與慘白的大門，讓整棟屋子散發厚重腐朽的氣息。

「我的天……」潔西卡在大屋周圍繞了繞：「你發現了嗎？」

「嗯，這真的很不對勁。」

湯姆發現這棟大屋只有正面。

無論他們走到哪裡，分別從任何角度看，兩人看到的都只有正面。

就如房子在轉頭凝視他們。

「現在幾點了？」湯姆問道。

「我不知道。」潔西卡搖頭，濃霧中連太陽的位置也無法確認。

「手機呢？或許我們該打通電話讓人來接。」

「我的泡水了，你的呢？」

「我的也是，」湯姆皺眉道：「也許那房子裡會有電話。」

「我不覺得這是好主意。」

「沒什麼的，我們只是進去打通電話，頂多和屋主打聲招呼。」

「那剛才的現象你要怎麼解釋？」

「『只有正面的房子』，這肯定有某種解釋，只是我不懂而已，」湯姆直直走到正門，叩了叩門環，大門咿呀而開：「一起進去吧，除非妳想在那枯等半天，直到有人找到這裡。」

「你剛剛還表現得很小心的。」

「我也不知道，只覺得這房子很有魅力。」

什麼？潔西卡感到有些奇怪，又見湯姆直接走進大屋，她也只好跟了上去。

在他們走進的瞬間，那扇木製的大門便自己關上，並發出巨大的聲響。同時燈亮了起來，這裡是玄關，有長長的廊道與擺滿壁面的衣帽架，兩排像是無限延伸的大衣隨風而動。

人魚公主……想要一雙人類的腿，她找到了女巫……

聲音傳來，比剛剛船上的更加清晰，是個男性的聲音，還帶著生澀的關愛語調。

「誰？」潔西卡左看右望。

「是這個。」

湯拇指著一個放在鞋架上的錄音機。

「那是『小美人魚』的故事？怎麼會播放的？」

湯姆沒有回答，只繼續往裡面走，潔西卡有些卻步，忽然，她在其中一個衣帽架上看見了東西。

那是一頂圓頂禮帽，上頭別著一根銀湯匙，那湯匙的邊緣帶有鋸齒、且銳利得宛如刀刃。潔西卡把它放進口袋做護身用。

「找到了！雖然是老古董，但應該還能接通，」潔西卡走近，看見湯姆站在一台手提式電話旁：「我試著打給我爸。」

湯姆提起話筒放到耳邊，接連按下幾個按鍵，過了一會，只見他的臉色愈來愈奇怪。

「怎麼？連上了嗎？」潔西卡問。

「妳聽聽看。」

潔西卡接過話筒，但從話筒裡傳出的，卻非想像中的男性聲音。

那是非常模糊，卻能滲進腦海的女聲。

妳是人魚。

「她說我是人魚。」潔西卡問：「你聽到了什麼？」

「她說我是王子。」

兩個人愣在那裏，互看一眼，湯姆道：「我再撥一次看看。」

但這次從話筒裡傳來的，只有未接通的嘟嘟聲。

「糟透了，」湯姆說道：「我們能做的都做了。」

「我覺得我們應該離開，這裡真的很不對勁。」

「或許裡面還有能用的東西，無線電之類的……」

「不！我們就應該離開。」

見潔西卡態度變得激烈，湯姆凝望著大屋深處，搖了搖頭才往回走：「那好吧。」

他們一路走回玄關，此時潔西卡忽然拐了下腳，她痛得跪在地上：「噢！」

「沒事吧？」

「可能扭傷了。」

在潔西卡檢查傷處的同時，玄關處的收音機又傳出同樣的男聲人魚公主在陸地上，每走一步，都會感受到如刀刃切割般的疼痛。

「誰？」湯姆忍不住掏出手槍，喀擦地解開保險並拉動滑套：「勸你不要再裝神弄鬼！」

此時廊道兩排風衣中的一件開始抖動，湯姆慢慢走近：「出來！誰在那裡？」

王子見到了一位美麗的人類公主，他們手挽著手，轉著圈跳起了舞。當人魚公主見到這一幕，她感到悲痛欲絕。

收音機再次傳來聲響，所有衣帽架同時倒下，無數風衣飄起、旋轉著，如擁抱般將湯姆的身影層層蓋住。

「碰!!」

槍聲傳出，湯姆下意識扣動扳機，子彈飛旋穿過幾層布料，但也只能這樣而已。他被壓在風衣底下，當潔西卡一蹶一拐地上去營救時，湯姆卻已不見蹤影。

燈光暗下，濃霧自不明處飄入屋內，將附近的幽藍光影散入整個空間。

「什麼……」只剩潔西卡一個人了，她走到門口轉動把手，那扇大門卻絲聞不動，她跌坐下來：「到底怎麼了。」

「這裡的一切都莫名其妙！」潔西卡按著腳踝，歇斯底里地怒吼。她只是想輕鬆一下，在派對上認識幾個朋友、還有一些好男孩。

可是現在卻遭遇了這些莫名其妙的事，詭異的大屋、同行者的失蹤，甚至……可能連自己也有危險！

得逃出去。她的眼角餘光瞥到大片風衣底下，露出的一抹金屬殘光，她在地上摸索著，然後找到了湯姆的手槍，槍頂滑套還是拉下的狀態，這代表子彈能在第一時間擊發。

潔西卡不懂用槍，但若遇到危險，這可以做為威攝。她深呼吸以控制慌亂的情緒，把手槍插入褲袋，扶著牆慢慢前進。

記憶裡，這棟房子只有三處窗口——左右棟和閣樓，考慮到高度，只有左右棟能安全地破窗逃離。

右腳的疼痛使她無法好好判斷，這屋裡的一切都太過反常，樓梯接著牆壁，房門開在天花板，桌椅呈直角立在牆上，水管、火爐與櫃子以無法理解的排列散佈。沒有東西是在應有的位子上。

瘋了嗎？

是這裡瘋了？

還是自己瘋了？潔西卡徘迴在這迷亂的空間裡，她不曉得自己走了多久，時間與距離似乎失去意義。當她幾乎要被無力感淹沒時，她眼前的一扇門，卻緩緩地、發出悠長的嘎吱聲，就這麼打開了。

人魚公主下定了決心，她拿著鋒銳的匕首，在王子睡著時進入他的寢宮。

「叮」銀湯匙從潔西卡的口袋裡掉出，同時這段語音傳入腦海。

潔西卡撿起銀湯匙時，那扇門忽然逼近，當下她只感受到一股巨力牽引，她雙腳離地飛越門扉，摔在地上並滾了好幾圈。

「咳、咳咳！」潔西卡被激起的煙塵嗆住，她趴跪在地上，用雙手努力撐起身子，並往前方看去。

眼前的景象，令潔西卡的瞳孔瞬間放大

「啊、啊啊……」她渾身顫抖，自己也不認識的呻吟從喉嚨裡滑出。

凝冷的空氣吹進房間，微微捲動的窗簾陰影裡，只存在一樣事物。

那是一張鑲嵌上去似的、佔據整個牆面的巨口。

蒼白的鬍鬚，染血的牙齦、掛著黏稠肉絲的牙縫，整個口腔吹出的風帶有腐壞的腥臭。在她僅存的理智中，可以看出這是一位老人的下半張臉。

也是一張食人的嘴，魔鬼的半臉。

要被吃掉了！人類——生物原始的恐懼被瞬間喚醒，淚液自潔西卡眼眶噴湧而出，她拚命往後退，但入口不知何時已然消失，在這空曠的大房間裡，她無處可逃。

人魚會被做成Carpaccio嗎？

輕柔稚嫩的女聲傳入耳中，潔西卡呆了一下，才發覺這聲音傳自老人的巨口。發生的事情太多了，讓她的頭腦陷入停滯狀態。

只見那張嘴忽然發出乾嘔的聲音、咕嚕呼嚕的異響。潔西卡感到一陣陣反胃，不現實感參雜著恐懼重擊她的胃部，加上腳傷劇痛，這些感覺讓她眼眶更加發紅。

「唔唔……呃嘔……」

「啊呃……」

「嘔呃啊啊啊啊啊……」

隨著嘔聲，湯姆從那口中掉了出來，他重重落在地上，全身被繩索綑綁著，渾身是傷且十指盡斷，斷口露出崩裂的指骨。呼吸也非常微弱。

人魚公主傷心地哭泣著，這時候從海中傳來姐姐們的聲音，她們這麼說著：

妳必須用這柄匕首殺死王子，用他的血變回人魚。

你要鼓起勇氣去做，否則明天一早，妳將變成泡沫死去。

女童的聲音再次傳出。潔西卡聽著，愣道：「這是……要做什麼？」

「殺了他，或變成泡沫。」

這次是老者沙啞的聲音，同時她手中的湯匙微微顫動，匙頭自動對準湯姆。

「這個是……」她回過神，發現湯匙上浮現血跡，匙裡還有疑似腦漿的糊狀物。

「呀！」她尖叫：「這是什麼？」

「那是我曾經使用的東西。」

「你到底是什麼⁉」潔西卡拋開湯匙，抽出手槍舉到胸前，彷彿這樣能帶給她更多勇氣。

「用它挖開皮膚，品嘗裡面的鮮肉；刨開骨頭，吸吮白嫩的腦漿，相信我，妳會想試試的。」

老者的話語把她的腦袋攪得脹痛不已，她下意識扣下扳機，「碰」地一聲，後座力讓她無法拿穩，子彈射偏的同時槍也脫手而出。

猶如受到某種引導，槍身不偏不倚地撞到地上的湯匙，湯匙彈起，回到潔西卡手中，鋒利的匙頭依然指向湯姆。

「這是……怎麼回事？」一瞬間，她的腦中僅剩自保的想法，能得救嗎？

一剎那，湯姆微弱的氣息幾乎說服了潔西卡。

反正他快要死了，那就這麼刺下去，也沒什麼差別。

兇殺、食人，一切令人髮指的行為把她壓得喘不過氣。但這一切從那老人的巨口裡說出，就像野餐那般輕鬆。

人魚公主走到王子身邊，她猶豫了，把利刃刺進王子的心臟，她就能得救，可那將導致她失去一生摯愛。

要刺嗎？

要吃嗎？

刺……吃？

吃!?

「啊啊啊啊啊啊啊啊啊啊——啊啊啊啊——！！！！」

潔西卡頭痛欲裂，她意識到那頃刻間浮現的念頭有多可怕，從進來這裡開始，人就像在被汙染。她尖叫，把頭用力往地上撞，一次又一次，當額角迸血，腦漿混濁，她才發現手中的湯匙已刺入湯姆的皮膚，幾乎要挖下一塊肉。

湧上心頭的，還有想把肉塊放進口中的慾望。

「不行!!」

「我不能這麼做！」潔西卡猛力搖頭，血甩得到處都是血，她拋下湯匙，跪下來試著幫湯姆鬆綁。

但湯姆已經沒有呼吸了，那青白的臉皮片片崩潰，他的手腕、脖頸與臉部浮現許多咬噬的痕跡。潔西卡停手，轉頭吼道：「你、你為什麼要這麼做？這麼可怕的事……」

「哼哼！

我覺得我這麼做是對的，否則上帝派來的天使應該會阻止我。」稚嫩的童音再次從老人的大嘴裡傳出，緊接著是一聲尖嘯，潔西卡的視野瞬間被老人的口腔填滿。

她的意識陷入一片黑暗。

參章　那個女孩

快要掩蓋不下去了……

從一年前開始發生的失蹤案，經過長時間的搜查，卻至今都沒有抓到犯人、甚至連個蛛絲馬跡都沒發現。雖然為了穩定鎮裡的情緒，把失蹤者的關係人都暫時轉移至外地保護，但恐慌還是確實地、一點點地蔓延開來。

如果讓大家知道村裡可能有個綁架犯、甚至集團，到時引起的混亂可能會刺激到犯人，更可能導致人互相猜忌，最後只會擴大受害、形成難以收場的局面。

現在的情況比起鎖定嫌犯範圍，安撫民眾的情緒顯得更加迫切。

藉氣候問題宣導不要夜間外出，藉著電錶檢修搜索，能做的幾乎都做了。

可受害者依然不斷出現。

說真的，直接開誠佈公地說「鎮裡有個綁票集團，而我們警方卻辦事不利，連個人影都沒找到，請諸位各自小心。」對艾德而言會輕鬆很多，頂多就是提早退休罷了。

但他就擔心會造成上述情形。

而值得擔心的還不只這件事。艾德把視線轉向推門而入的年輕員警。

「長官，關於今早的事……」

「今天凌晨的槍擊事件嗎？有什麼進展？」

「是，疑似嫌疑犯的一位青少年女孩，現在已經到案。」

「拿槍玩耍的小孩子嗎？事情經過呢？」

「目前知道的只有她昨晚參加了一場派對，其他說出的內容就有點……難以判斷。」

「難以判斷？」

「呃，就像是嚇小孩用的內容，亂七八糟的。」

「派對？該不會是嗑藥吧？」

如果是碰了不該碰的東西導致神智不清，那亂玩槍枝、胡言亂語等現象就有合理解釋了。

「不，長官，她除了有些驚慌之外，意識其實相當清晰，檢體裡也沒驗出藥品反應。」

「驚慌？」

「是的，不知為什麼，我們今早發現她的時候，她一醒來就像受了很大的驚嚇，我們花了好幾個小時安撫。還有……有一件事令屬下非常在意。」

「說吧。」

「她的口供裡不斷提到『大屋』、『迷霧』這些字彙，而且根據他的說法，似乎有一名叫湯姆的男性在那遇害。」

「什麼!?」艾德猛地拍桌站起：「這事確定了嗎？今早是在哪發現那女孩的？附近都有些什麼？」

「是在『大湖』中心的一個小石台上，附近沒發現其他人員，當然也沒有任何建築。」

湖心、濃霧，大屋還有兇殺？

這會是……另一起失蹤案嗎？艾德搖搖頭，道：「我想見見她，還有，打給開租船場的瑞德，詢問他兒子最近的行蹤。」

艾德說完，便取過員警手裡的筆錄，快步走到偵訊室。一打開門，他看見了那個女孩。穿著年輕人喜歡的曝露服裝，頭上與腳踝纏著繃帶，漂染的長髮凌亂地披散，帶雀斑的臉看起來像要哭出來似地狼狽。

不，或許才剛哭過吧？那女孩一看見艾德進來，馬上叫道：「你們要相信我！我沒嗑藥、我說的都是真的！」

「冷靜一點，」艾德在她對面坐下，翻過手裡的資料：「是叫潔西卡・布朗，沒錯吧？現在好好和我說說，昨晚到今天凌晨都發生了什麼？」

「你會相信嗎？」

「聽話問話，這就是我們工作的一部分，」他眼神環視房裡幾人，才把視線對回潔西卡的雙眼：「如果妳願意的話，可以對我再說一次，妳看到的、聽到的，確保沒有遺漏任何一個細節。」

「……」

「……」

「好的。」

潔西卡不敢相信自己還活著，或許是最後射的一槍引來了警察，才救了自己吧？過了大半天，她才回復到能好好思考說話的程度，而對於那些人的質問——她無法在那場噩夢上面說謊，她很確定那些都不是幻覺，因此她都只回答實話。

但誰會相信呢？

她會說實話，卻不是詳細的內容，反正他們也不會相信像自己這樣，大晚上參加派對的青少年。

直到那位名叫艾德的警長進門。

褐白交雜的短髮，老鷹般精悍的眼神，這個中年人的談吐明顯顯得經驗豐富，那種穩重可靠的父性，令潔西卡下意識地把所有事情脫口而出。

「……然後我就昏過去了，再次睜眼是在你們找到我以後。」

「……」

「很難相信，對吧？」

「聽起來像我唸給養女的故事，只是更可怕了點，」艾德翻閱著陸續送來的資料：「對我來說，把妳當成嗑多了的年輕人送去勒戒所，那會簡單很多，不過妳家既沒有精神病史，妳也沒有服用危險藥品，那麼我就有相信妳的理由。」

潔西卡有氣無力地說：「但我沒有理由相信你。」

「那是妳的事，不過如果那些都是真的，而妳現在還能像這樣和我對話，那代表妳比大多數人都強韌清醒。」

「當然也有可能是妳大腦的保護機制，心理學之類的我不太清楚，但我以前遇過幾個案例，他們靠扭曲記憶來保護自己。」

「從哪？」

「一些痛苦的經歷，比如失戀、喪親、犯罪……還有綁架。」

「什麼？我說過了，那些都是真的！」

「孩子，聽著，」艾德豎起食指：「不管事實如何，我們都不會互相欺騙……」

這時房門又被打開。

「長官，家屬到了。」進來的員警說。

「請她進……」

艾德的話再次被打斷，只見一位留著捲髮的白衣女士快步走進，她顯得氣急敗壞，看上去相當年輕的臉扭曲成塊：「潔西卡！妳可以不要再讓我失望了嗎！」

「媽？」

「我沒有教妳半夜去參加派對，也沒有教妳抽什麼大麻，到現在妳……」

「她沒有吸毒，布朗女士，」艾德插嘴，並伸手擋下她揮向潔西卡的巴掌：「還有請記得，這裡是警局。」

「我只知道，我的女兒需要教育！」對方抽回手並咆哮。

「是的，但她已經受了很大的驚嚇。」

「所以呢？這不是藉口。」

「我剛才說了，這裡是警局。」

「我可是繳了稅……」

「夠了！」潔西卡尖叫，在母親進來的瞬間，她彷彿有無盡的力氣用以逃離——而她也確實這麼做了，潔西卡頭也不回地衝出偵訊室，腳踝的傷就像不存在一樣。

「等等！」

「不用追了。」

幾名員警試圖追上，卻被艾德制止，他對布朗女士說道：「關於妳女兒，由於職業的關係，我見過不少壞傢伙，我可以保證她不是其中之一。而這事……因為沒有實際損失，我們會當作誤觸扳機來處理。」

他見對方沉默不語，又道：「願意坐下來聊聊嗎？當然不是在這裡。」並協帶她離開偵訊室。

之後艾德取得了布朗女士的聯絡方式，與她的一些家庭狀況，對於潔西卡——案件的關鍵人物，能多了解一點是一點，於是他選擇了布朗女士做為橋樑。

她在十七歲時就生下了潔西卡，在兩年前與丈夫離異，是有點複雜的家庭環境。

而這對母女看來也有些不合，試想一個看來乖巧的青少女，卻在大晚上跑去參加派對，這會代表什麼？艾德扶額，試圖理清思緒。

而無意中瞥見的，錶上的時間卻掐斷了他的思考。

該回去陪葛瑞絲了。他確定當日的工作都告一段落，即便回家。

在路上遇見了租船場的瑞許先生，有幾名屬下正與他攀談。艾德花個幾分鐘略微瞭解一下，大抵確定這又是一起新失蹤案，但與以往不同，這次有潔西卡這個逃脫者。

雖因為某些原因導致記憶混亂，但那經歷的特殊性絕非作假。艾德有這種感覺。所以他當下就讓人祕密跟監，在不驚動人的情況下確保她的安全。

安全嗎？想到這事，艾德愈發感受到給葛瑞絲請保姆的重要性。

他邊想邊打開門鎖，然而往門裡看的第一眼，卻讓他深深皺起眉頭。

「怎麼？」

一個泛著黑色光澤的物體靜靜地躺在玄關地板上。

艾德走近，發現那是一支彈匣，他將之撿起，又發現這與自己的配槍並不匹配。
為什麼家裡會出現這個？
有人闖入？還帶著槍？
搶劫？
綁架？
糟了，葛瑞絲！他馬上拔出別在大衣內側的配槍，解開保險並直奔葛瑞絲的房間。
沒有！
在哪？房間裡不見人影，艾德正思索著可能性，忽然，他聽見了聲響。「匡噹」一聲，像是什麼物品摔碎的聲音。
在廚房嗎？由於葛瑞絲的臥室與廚房有一小段距離，他聽得不是很清楚，因此不得不小心一些。背靠廚房口的牆壁，艾德的確聽到了動靜，他握緊槍把，隨後一口氣跳出，並高聲叫道：
「舉高你的雙手！」
然後他看見了滿目鮮紅。
地板上、水槽裡、牆角邊，均被紅色濃稠的液體所覆蓋。
他立刻以豐富的經驗判斷出那不是血。
有酸甜的氣味，是番茄醬？

「哈——」同時葛瑞絲跳了出來，她高舉雙手，活像個被逮到的犯人：「你抓到我了！」

「我們不在西班牙，今天也不是番茄日，」艾德鬆了口氣，不動聲色地收起手槍：「小女孩，告訴我是怎麼弄成這樣的。」

「只是不小心打碎了瓶子。」

艾德看著葛瑞絲，她把手背在身後，腳一踮一踮地，臉上掛著頑皮的笑容，讓他想訓她幾句也沒辦法。

於是他只好苦笑著，嘆了口長氣。

「我們收拾一下，晚餐就叫外賣，另外我還有事情想談。」

「又是保姆嗎？」

「妳該表現得在意一點，現在鎮裡出了些事，妳真的需要一位保姆。」

「我覺得沒必要。」

「我看看，」艾德無視她的回應，從口袋裡拿出錢包檢查：「不知道還夠不夠先付一個禮拜。」

這時，寫有布朗女士電話號碼的紙條，順著拿錢包的動作掉出。

葛瑞絲注意到了。

「這是什麼呢？」她問。

「是一個案件關係人的。」

「我改變主意了。」

「嗯？」

「哼哼。」她撿起掉在地上的紙條，輕輕地笑了。

葛瑞絲凝視著紙條上的號碼，以清脆的聲音、平穩的語調，開口說道——

「我想要她當我的保姆。」

間章　那個父親

金白交雜的亂髮、寬厚的下巴，壯碩的身軀與粗獷的臉孔，這個男人就像一頭老獅子，歲月刻下的痕跡只讓他的健將氣質更勝往年。

男人名叫瑞許，湯姆的父親，他獨自經營著一間租船廠。

這是他家一直以來的事業，也是從小的夢想——有時開船馳騁在水面上，有時出租賺錢，再用賺來的錢痛飲幾杯。偶爾抽空和兒子去靶場練槍，這才是男人該做的事！

可最近的變故，已徹底摧毀了他一貫的生活心態。

瑞許趁著假日，在倉庫裡翻找曾屬於兒子的物品，忽然間，一個小木盒從上面掉了下來。

它勾起了瑞許不好的回憶。

瑞許露出厭惡的表情，想起手上還留有早上整備時沾到的機油，於是隨手在褲管上擦了擦、把木盒丟到一邊，便繼續整理兒子的東西。

對，就是「東西」，他可不承認這些是「遺物」。

不久以前鎮裡就有風聲傳出，關於失蹤案的事；不過大家都住了這麼久，也不是說搬就能搬走的，況且警方也沒放出正式消息。

只是近來時不時搬走的人家、奔走的員警與增多的安全宣導，為這傳言增添了些許真實性。他卻也不以為意。

曾這麼以為的自己，簡直愚蠢！

自己的兒子，湯姆他失蹤了、聽人說還是死了！

失蹤案都是真的，而湯姆就成了其中一個受害者。瑞許後悔過，也非常悲傷，可是生活還得繼續。

男人不能逃避，事情再大，也不該讓自己被擊倒。

若是湯姆在這，他也不會想看到自己懦弱的樣子。做父親的，至少也要在兒子回家時，做好一個堅強的範本。

「叮咚——」門鈴響起。

瑞許前去開門，看見的是一張熟面孔，有著褐白交雜的頭髮、精悍臉孔的中年人，正是這個小鎮的警長——艾德，他的年紀和瑞許差不多，而瑞許也曾被取締過幾次，因此結下交情。

「有什麼事嗎？」

「只是想來說說話，」艾德隨瑞許走進，發現瑞許身上有一股很重的霉味：「你剛剛在做什麼？」

「整理倉庫而已。」

「讓我來幫你吧。」艾德挽起袖子，瑞許見狀也不置可否，逕自走回倉庫。

過了片刻，只見兩個男人在一個架子前蹲下，整理著放在裏頭的雜物。期間他們無意中談到了湯姆的事情，艾德一見瑞許神色黯然，忙道：「請節哀。」

「不！我想他還活著，」瑞許說：「你一定要追查到底！」

「你……」艾德看著對方，也心知肚明。

兩人繼續整理倉庫，忽然，艾德的手被什麼刺了一下。

「噢，」艾德甩了甩手：「什麼啊？」

他將之撿起，見是一個陳舊的木盒，它的蓋子略有破損，因此凸出了幾根木刺。

「我可以看看嗎？」艾德問。

「是沒什麼關係，不過這東西讓我很不舒服，去年就是看了這個，讓我整天頭暈，還摔到了湖裡。」

艾德打開木盒，裡面是一本舊書，封皮上沒有書名，只有一個圖案。

一個歪曲的五芒星，中心有一個橫橢圓與火焰似的小點。

艾德從沒見過類似的圖案，很多幫派和邪教會使用意義不明的符號當標誌，但唯獨這個，讓他感受到某種謎樣的氛圍。

翻開書頁，裡面盡是些怪異的線條組成近似文字的符號

那些歪曲的線條以難以理解的方式互相糾結，艾德只是翻了幾頁就感到頭暈目眩。

「預言書、神話之類的，和圖畫書差不多，但它讓人噁心。」

「我懂，」艾德把書闔起：「你怎麼會有這種東西？」

「我其實也沒什麼印象，總之是在差不多一年前，倉庫裡發生了奇怪的事，我才注意到它。」

「什麼事？」

「也沒什麼，只不過那時有陣大霧從山丘上下來，說來奇怪，它的範圍只到我家後院、也就是倉庫這裡；那時已經是半夜，我聽見倉庫傳來聲音，乒乒砰砰的，還以為是遭了小偷。」

「但當我進到倉庫裡時，所有東西都在原位、也沒看到人影，只有這本書攤開著掉在地上，那時看到的內容真讓我反胃。」

「哪一頁？」艾德的頭愈來愈暈，再也翻不下去了。

「每一頁，我勸你別再翻了。」

「你有全部看過嗎？」

「怎麼可能。」瑞許聳肩。

「那算了。」

他們就這麼繼續整理倉庫，直到臨近傍晚，艾德才與瑞許告別。

今天是難得的休假，但艾德完全沒心情打開電視放鬆，在看望過瑞許之後，艾德又去拜訪了布朗女士。

他其實很懷疑，以布朗女士當時的表現來看，她可不像是當保姆的好人選。

而且葛瑞絲又是怎麼知道那串電話號碼的？她認識布朗女士嗎？艾德搖搖頭，他絲毫沒懷疑過葛瑞絲，那個聰明又可愛、不可思議又可憐的女孩，早就得到了他完全的信任。

在從警之路上走了二十多年，艾德曾不只一次地懷疑自己的人生——兩年前，他患上了很嚴重的酒癮，長期不規律的生活隨著歲月流逝，各種徵兆體現在他的健康與精神狀況上。

頹廢、邋遢，在家也滿身酒味的中年人，除了在工作時會稍微體面一些，其他時候那就是艾德的形象。說實話，他那時已喪失了警察的精神，只是靠著以往生活的慣性才能繼續做下去。

那個時候，是葛瑞絲對他伸出了救贖之手。

「你一定可以解決一切。」在聽到女孩的這句話後，他心中重燃起了信心。並決定領養她，身邊有了這個女兒似的女孩，艾德的生活漸漸重回正軌。

同事說這是「愛的力量」。

他不怎麼認同這種說法，單身至今的自己，怎麼會有父愛這種東西？

但無可否認的，是葛瑞絲改變了他的生命。

而既然這是葛瑞絲想要的，那艾德就會盡量滿足她。

「警長先生，有什麼事嗎？」一位留著長捲髮的女士走出，她看見艾德時一臉驚訝：「進來坐坐？」

「不了。」

「我之前真是失禮了，希望你不要追究，」布朗女士皺眉，疑惑道：「我以為上次我們談話時，我已經解釋過了。」

「不是因為這個，妳當時的心情我可以理解。我今天來是為了私事，」艾德說道：「妳說過妳現在經濟有些拮据，而妳應該也聽說過，我一直想為養女找個保姆。」

「你是說？」

「對，」艾德掏出錢包，點了幾張：「我希望妳能接下這份工作。」

「這裡是預付金，」艾德用雙手把鈔票交到布朗女士面前：「只要妳答應，我保證會穩定提供薪水。」

「這個……可以給我點時間考慮一下嗎？」

「不管怎樣，」艾德把錢塞到布朗女士手裡：「我希望妳能收下，這不是施捨，而是代表我的誠意。」

他又看了看錶，已經快晚上了，晚點還要給葛瑞絲唸故事呢。艾德道：「我只是想向妳傳達這件事，選擇權始終在妳身上。」

對方點頭，她看起來還很是疑惑。於是艾德轉身離去，把考慮的時間與私人電話留給布朗女士。

回到家，艾德一如既往地哄葛瑞絲入睡，今天他教葛瑞絲哼了幾首童謠，然後隔著棉被拍了拍她的背部，才回到自己的房間。

而隔天早上，令艾德清醒的不是鬧鐘，而是一通電話。

他收到了答覆——

布朗女士同意接下這份工作。

肆章　那位女士

「我會好好款待妳的，布朗阿姨。」葛瑞絲靜靜地站在幽暗的玄關，微笑著轉了一圈：「艾德哥哥說妳會照顧我、而我必須聽妳的話，但我覺得那不重要，我們可以好好相處。」

布朗女士答應當兼職保姆，並開始工作的第一天，她一打開門，迎面而來的就是這段話、這副場景。

雖然「艾德哥哥」的部分讓人有些在意，但她還是說道：「警長先生和妳說過了吧？」

「說過什麼？」

「我是個新手，當保姆什麼的，我根本……」

「妳是一位母親。」

「但……」她原本想提自己的女兒，但又覺得有些不妥：「沒什麼。」

只見葛瑞絲笑笑，側著頭，與她相視一陣。然後慢慢伸出手：「來吧。」

看著這孩子的笑容，布朗女士不自覺地搭上手、並跟隨她的步伐。對於小跑的葛瑞絲，布朗女士只需快走就能趕上。

轉過迴廊、通過門扉，她們來到了後院——雖說是後院，但由於屋子配置前後相反，它其實是在靠近原本入口的地方。

那裡種滿了紫藤。

整排高高架起的花架彷彿隧道，任紫藤蔓延纏繞。正值花季的它們垂落無數淡紫花簇，盛開的紫藤花和地面綠蔭相襯、與朝陽形成強烈的光影畫面。

這樣的畫面，就像在引誘著人深入。

一副桌椅，就放置在花架下的中間部分。

葛瑞絲上前拉開其中一張座椅，示意布朗女士入座，而她似乎也被這夢幻氛圍牽引，毫不猶豫地坐下。

「我們可以吃點早午餐，」葛瑞絲說：「妳就好好地坐著，然後我們就能享受這段時光。」

「要幫忙嗎？」

「在妳來之前，我就能處理艾德哥哥和自己的生活所需，所以不必擔心我會割傷手，況且我是要款待妳的呢。」

真搞不清楚誰才是大人。布朗女士看著葛瑞絲走回屋內，不禁感嘆。

這樣優秀的女孩，與自己的女兒完全不同。

潔西卡是失敗的，但她同樣值得自己付出母愛；那葛瑞絲呢？這個可憐又可愛的女孩，難道就只能浸淫在警長先生笨拙的父愛裡嗎？不知不覺葛瑞絲就端著食物和飲料回來了，她在她對面坐下，兩人就這麼面對面相望。

太奇怪了。

布朗女士感受到異樣，面對這個小女孩，會讓人想把一切都交付給她。

就如忘卻年齡的差距。
就如忘卻初次見面的陌生。
布朗女士為此感到羞恥，她被輕易地帶進小女孩的世界。
不過被款待的感覺，真是久違了。
上次是什麼時候呢？她咬了一口奶油甜餅，想起第一次到前夫家裡時，被熱烈招待的情景，那時多幸福啊。
「來聊天吧，這樣我們就能更快地了解彼此，」葛瑞絲說：「我叫葛瑞絲。」
「我知道，警長先生和我說了，」布朗女士努力把自己從回憶裡拉出，說道：「該換我了吧，我叫……」
「伊維特．布朗。」
「他也和妳說過了嗎？」
葛瑞絲沒回答，只說：「我還知道更多的事，關於妳、妳的家庭，比如潔西卡——一個讓人失望的女兒，對吧？」
「呃。」
剛剛那輕鬆愜意的氣氛好像不存在般，布朗女士只感到呼吸一窒。而隨著葛瑞絲以雙手撐臉的姿態，一句句地說著，那種口吻、那些內容，無一不讓她備感壓抑。

「妳在年輕的時候犯了錯誤，妳沒有能力撫養孩子。妳嘗試找多份工作，把她丟在家裡不聞不問。妳幫她付學費，把她的成長都交給學校。沒有妳在身邊，她得承受除經濟外的一切。但妳還是偉大的母親。她也還是可憐的孩子。我應該羨慕妳們嗎？」

葛瑞絲尖銳的言詞讓對方呆愣在那，布朗女士望著她碧藍的雙眼，像要被另種氛圍吞沒。她感覺又被提醒了一次，自己作為母親的難處、潔西卡作為女兒的失敗，還有葛瑞絲有多麼值得憐愛。眼前的孩子，在這個年紀就失去了雙親。蒼白的皮膚，濃重的黑眼圈，這些是壓力與悲傷下的產物嗎？

「不，」布朗女士低下頭：「妳是堅強的孩子，妳不用羨慕我們，妳會有比這更好的未來。」

「謝謝，」葛瑞絲揉揉眼睛：「但是我累了。」

她站起，搖搖晃晃地走到布朗女士面前，然後輕輕踮腳、爬進對方的懷裡。

「午安。」

俯視把頭靠在自己胸前的葛瑞絲，布朗女士沒有動彈，她只覺一切都平息下來：「午安。」

一早，艾德把家裡撿到的彈匣帶去警局檢查。

因為在那有比艾德更懂槍械的人。

坐在椅子上的，是一個光頭的高胖男人，他留著粗獷的絡腮鬍，即使在辦公室內也帶著墨鏡，給人一種典型的大老粗印象。

大家都叫他胖韋伯，局裡的槍枝幾乎都是他調度和維修的。

現在他正拿著那所屬不明的彈匣上下打量，用粗啞的嗓音細說：「八發式彈匣？加上彈膛裡的一發，所以會是九發式手槍，彈匣本身是通用型的，幾乎沒什麼辨識度。而且子彈幾乎都打空了，只剩下這個……」

他寬厚的手掌裡躺著一顆約兩公分長的圓頭子彈，閃著黃銅色的光輝。

「.380 ACP，你知道這東西有多普遍嗎？即使只查閱局裡的資料庫，範圍也太大了，你是在為難我。」

「好吧，不過你可以說說自己的想法。」

「警長先生，我覺得你直接去商店查一手銷售紀錄會更快。」

艾德回道：「你也知道的，鎮裡沒有那種商店，到處問會太花時間、又引人注目。」

「說的也是。」

「你真的沒有頭緒嗎？」

胖韋伯低頭沉思一陣，然後說：「只能說，我覺得應該是民用槍枝，畢竟早上才做過配備檢查，局裡的東西也一個都沒少。」

「能再縮小範圍嗎？」

「使用這種彈藥的民用槍枝嗎？說真的範圍還是不小，如果要直覺的話……」對方從旁邊的簿本上撕下一頁，掏筆疾書，艾德接過，只見上面滿滿的都是各種槍枝型號：「大概就這些了，鑑於彈匣看起來還算新，你可以查看看近幾年誰有買入，這樣能節省很多時間。」

「謝謝。」艾德道謝，並往對方手裡塞了幾張紙鈔，作為額外的報酬。

「有你這麼個老朋友，真讓人身心愉快！」

胖韋伯哈哈大笑，用力拍著艾德的背，把他送出房間。

「真是……」艾德走到檔案室，一開門，面對堆滿整個空間的、尚未數位化的文件，他大大嘆了口氣。

硬著頭皮與兩位下屬花了大半天查詢，艾德走出文件室時，卻仍一無所獲。於是他決定暫時放棄這邊，去和租船廠的瑞許相談，關於他兒子湯姆，失蹤這件事是確定了，但若如潔西卡的說法一樣是被殺害的，那整件事就從連續失蹤變成連環殺人了。

相談途中，艾德忽然想起一件事，於是說道：「我記得你兒子不久前有申請擁槍許可證，是為了什麼呢？」

「是為了他的生日，雖然他有點愛玩，但以後一定會成為出色的男人，所以我們說好，他取得證照，我送他一把槍，但是現在……」對方把拳頭握得死緊，語氣顫抖：「警長先生，我們之前也說好了，你一定要幫我找到他，然後我會狠狠管教那個臭小子！」

「我會盡力，」艾德點頭：「那是什麼樣的槍，型號呢？」

「瓦爾特P99，你知道我兒子收到它的時候，表情有多開心嗎？就像……」

P99？艾德從口袋裡抽出胖韋伯給的筆記，眼神掃過密密麻麻的文字，果然有這型號。

於是他拿出彈匣，擺到瑞許眼前：「你認得這個嗎？」

「這是！」對方像是彈起來般拍桌站起：「在哪找到的？」

「這是湯姆的嗎？」

「當然，」瑞許指著彈匣底下的刮痕：「別人看來就只是輕微的磨損，但這是我們做的記號，到底是在哪找到的？」

「這暫時還不能說。」

「為什麼？那可是我兒子！」

艾德不想透露彈匣是在自家發現，那會讓事態變得更複雜，所以找了個藉口：「這關係到整個案件，我們得盡量減少情報外洩。」
「是嗎？」對方瞬間癱軟坐下，無力地與艾德互視。
瑞許是個非常堅韌的男人，但自從上次見面才沒過幾天，他似乎就快被焦慮壓垮。艾德說道：「我很抱歉。」
「……」
「……」
難堪的靜默很快就被打破，只見一名年輕的員警慌慌張張地跑進來，高喊著：「長官！長官！我們有進展了！」

在那位員警破門而入後約三小時，艾德來到完全相異的地點。
「我很確定這裡原本沒有屋子，」艾德問一旁的隊員：「我在正門口這邊，另一隊人呢？」
「他們說他們也在正門，天曉得，也許屋主有某種興趣，喜歡四面都一樣的屋子。」
艾德搖頭，繼續觀察眼前的景象。
那是一座三棟式結構的大屋。它灰色的磚牆、黑色尖頂，深棕的窗框與慘白的大門，在霧氣中尤顯得深沉厚重。
位於小鎮附近的樹林裡，被迷霧包圍的大屋。

腳踩泥地、撥開草叢，微涼的霧氣裡，艾德帶著一整隊員警慢慢接近——這是非常難得的機會，不知道從什麼時候開始，關於大屋的傳聞漸漸變成傳說，且在青少年間流傳。

從大門進入屋裡，那將換來一場「噩夢」。

但如果是從後門進入的話，將得到「屋主」的「款待」。

匪夷所思的話句最能吸引同樣莫名的人群，像現在就有一群青少年發現了大屋的所在地，並祕密籌辦了一場「膽量挑戰」。而剛好有員警發現這件事，才有現在的情景。

而警方為了不讓情報出現錯誤，於是選擇跟在他們身後，並計畫在最後一刻把他們保護起來

年輕人最喜歡這種試膽活動了，他們覺得闖入一些險地、做一些別人不做的事，能令他們顯得「超越世俗」，也曾年少過的艾德多少能理解這種想法。

但眼前的行列也太過分了。

打赤膊的、穿耳洞的、綁著雷鬼辮的、男的或女的、穿著色彩鮮艷的年輕人族群，他們排成一列，唱著歌曲、手舞足蹈地朝大屋發進。

青少年的狂歡嗎？

不對，這已是某種儀式性的東西了。艾德看著他們就如受到引導般，邊唱歌跳舞邊繞著大屋遊行，就當艾德等人想上前勸阻時，一個滿身刺青的女性踏上外門檻，並將手指塞進嘴裡吹響。

「嗶——」一聲哨音，然後大門緩緩開啟，從外面看進去，它的內部顯得扭曲而深邃。

他們視上前勸阻的員警於無物，一個接著一個進門，員警試圖用肉身擋下，可這些年輕人的動作雖緩，卻無法抵擋。

以防萬一帶出的非致命武器、逮捕嫌犯用的麻醉彈、部下投出的震撼彈連一點效果都沒有，艾德他們只能眼睜睜地看著這群人走進大屋。而在大門關上的瞬間，一名員警也擠了進去。

「剛剛進去的是誰⁉」

「是皮派。」

「是他。」艾德想起了那個新進不久，身材纖瘦的小夥子。他馬上叫人把門打開，但無論用撬的、踢的，開鎖器甚至破壞器材都使上了，在現場一片乒乒鏗鏘聲下，那扇大門與窗戶卻都絲紋不動。

於是他拿起無線電聯絡：「皮派，聽的到嗎？裡面都有些什麼？他們正在……」

「嗶茲——」手中的無線電發出異常的噪音，然後爆開。

幸虧他放手得及時，無線電掉到地上，火花飛濺，整台機子燃燒起來，但在那火光與噪音之中，這台已不可能運作的機械，卻響起了清晰的聲音。

我的媽媽殺了我♪

我的媽媽殺了我♪

我的爸爸在吃我♪
我的弟妹坐在餐桌底。撿起我的骨頭♪
埋到冰冷的墓碑下♪

在模糊的霧光反射中，歌聲顯得格外清楚，是小孩子的嗓音。

艾德聽到了，員警們聽到了，現場頓時陷入一片靜默。

艾德知道這首歌——鵝媽媽童謠中的一段，那本歌集就放在葛瑞絲房裡的書架上，艾德有時會試著用彆扭的嗓音教她哼唱。

這是在傳達什麼嗎？

黑童謠。

食人信息。

他感到有些頭暈，於是搖搖頭。但隨視線左右搖晃，在那模糊的殘像裡，大屋的輪廓卻愈來愈清楚，且開始散發紅光，火焰燃燒的劈啪聲傳入耳中。

大屋著火了。

「快後退!!」如從地獄升起的火光與慘叫，瞬間點燃整片大霧，艾德他們撤了好一段距離才沒被波及。

只見火舌衝破窗戶、蔓延上屋頂，其中無數人影躍動，黑乎乎的肢體如在跳著原始狂熱的舞蹈。緊接著一道火柱升起，艾德發現那彈動的焰光、那包圍整棟屋子的火團，看起來活像小孩轉圈起舞的身形，耳邊甚至傳來輕靈的嗤笑。

明明熾熱的火舌就在眼前，心裡卻非常寒冷。

手腳就像被凍住了一般，所有人都只能看著這副場景，脖子也無法轉動，他們甚至無法移開目光。

「瘋狂」浮現於他們的腦海，這是唯一可以形容眼前情況的詞彙。

不知不覺間，火光消失了。

猶如意識被剪去一段，所有事物回歸平靜。

霧氣聚攏，重新現出大屋完好無損的形體

「皮派……皮派怎麼樣了？」回過神來，有人試著用各種方法聯絡，卻無一奏效。

正當所有人束手無策，情況變得膠著時，那棟大屋的門，就慢慢地、慢慢地打開了。

「吱——」

這位年輕的員警低垂著頭，以蹣跚的步伐緩緩前進，肢體行動的軌跡帶有奇異的黏稠感，他明明是直立行走，卻予人一種難以言喻的匍匐印象。

「真是太好了，我以為你殉職了。」一名平日與他關係不錯的員警上前，拍了拍他的肩膀。

艾德也走了過去：「你沒事就好。」

「嗯？」艾德定睛一看，察覺皮派身上未免太乾淨了，警服上連一點灰燼都沒有。於是道：

「那場大火是怎麼回事？那些年輕人呢？」

「皮派？

皮派。

我在和你說話，沒聽見嗎？」

「喂！」艾德把他的下巴上扳，皮派的臉被抬起，這個瞬間，那般異質的畫面令艾德感到像被電擊一樣，立刻別開視線。

只見皮派年輕的臉上，骨骼輪廓顯得異常突出，他的靜脈凸起、臉孔呈現不自然的青色，過深的眼眶中，瞳孔朝一無所有的地方對焦。皮派的嘴一張一合，混雜恐懼與狂信的語調，自那發紫的唇間洩漏。

「那是一場噩夢！

我沒有被款待！

他們也沒有！

屋主是憤怒的嗎？

來客遭了大殃。

屋主是高興的嗎？

我們不能祈求！

因為她也救不了自己!!」

「什麼⁉」旁人都嚇了一跳，以為過激的經歷摧殘了他的心智。

艾德馬上往他嘴裡塞了一片鎮定劑，並讓他坐在旁邊的小土堆上。

皮派的呼吸漸漸穩定，臉色卻依舊慘澹，他還是渾身顫抖。

「好點了？」艾德又拍拍他的肩：「能說說裡面的事嗎？」

「不……」

「不、不要！」

「不要過來……他、他……」他稍稍回過神，便吱吱唔唔地、用幾近呻吟的方式發聲：「長官，救救我、請你救救我……」

「冷靜，裡面到底發生了什麼？」

「灰色的男人……他是惡魔！我完蛋了、完蛋了！」他站起來，抓住艾德的衣領。

「灰色？冷靜點，把話說清楚！」

「不不不——不不不不不——」皮派像個小孩一樣，連續用力地跺腳，他的聲音與另一個童音重合：「「他要煮熟我！」」

他要煮熟我!!

與皮派四目相對，艾德看見了他眼中悄悄升起的焰光。

那火不像是從外部來的，只見火光從他的七孔透出，皮膚開始龜裂、碳化，他的眼珠被沸騰的腦漿擠壓、混合著噴到艾德腳邊。

然後焰光吞噬了整個人體。

男人成為了著火的團塊，隨即倒下，隱約能看見火中彈動的肢體。

「這是……」其他人迅速退開，艾德卻站在原地，呆看著那曾是他屬下的物體：「什麼啊？」

「這到底是什麼啊！」

那麼一眨眼的時間，原本活生生的人，就只剩腳踝以下留在原地，其他部分均成灰燼、在地上印成人形的影子。

沒有延燒，餘熱也很快散盡，只有黑影與那雙燒剩的腳掌，昭示曾有人站在那個位置。

「……」

「……」

寂靜又開始蔓延，在每個人的眼裡，這棟霧中大屋變得更加巨大、扭曲。無聲的壓迫推擠空間，讓大屋顯得愈來愈近，他們愈來愈感到呼吸困難。

然後有人倒下了。

第一個、第二個，艾德的屬下們如斷線般倒下，他們圓瞪著眼睛昏睡，嘴裡唸著不著邊際的碎語。

「快離遠一點！」

這裡太邪門了。艾德趕緊佈下撤退的指令。

煮熟。

烹煮……火？

食人？

焚燒？

灰色的男人。

屋主。

還有「她」。

這些單辭在艾德腦裡反覆來去，他一回到家，正要回去的布朗女士就和他說了一件奇怪的事、關於她做噩夢的事。

太多衝擊，艾德都感覺自己也變得奇怪了，他可沒有年輕人那充滿彈性的腦袋。

失蹤者的彈匣出現在自己家裡、布朗女士做的噩夢、大屋，艾德把頭搖了再搖，他又想起部下在眼前焚燒殆盡的畫面，胃酸便一陣陣上湧。

到底怎麼了？

愈深入這些案件，艾德就愈有一種步入夢幻的感覺，就像眼前有一個不見底的洞窟，卻讓人不由自主地深入。

現在他只想好好睡一覺，讓精神獲得舒緩。

「怎麼了嗎？艾德哥哥。」

艾德轉頭，看見葛瑞絲的笑靨。於是他蹲下，把葛瑞絲抱在懷裡。

「沒什麼。」

「沒什麼的。」艾德輕撫葛瑞絲的長髮，她的雙臂環在他脖子上。

「一切都很好。」

「既然哥哥你說沒什麼，那我會相信你，」葛瑞絲輕哼著曲調：「工作很累吧，也許你可以先休息一下。」

隨著那奇異悠揚的音律，艾德的意識逐漸朦朧，他躺臥在葛瑞絲身邊的地上。

「晚安，艾德哥哥，」葛瑞絲搬來了一床棉被，蓋在艾德身上：「我都忘了，你還沒吃晚飯呢。」

「哼哼！」

「難得我做得那麼好。」

伍章　那場噩夢

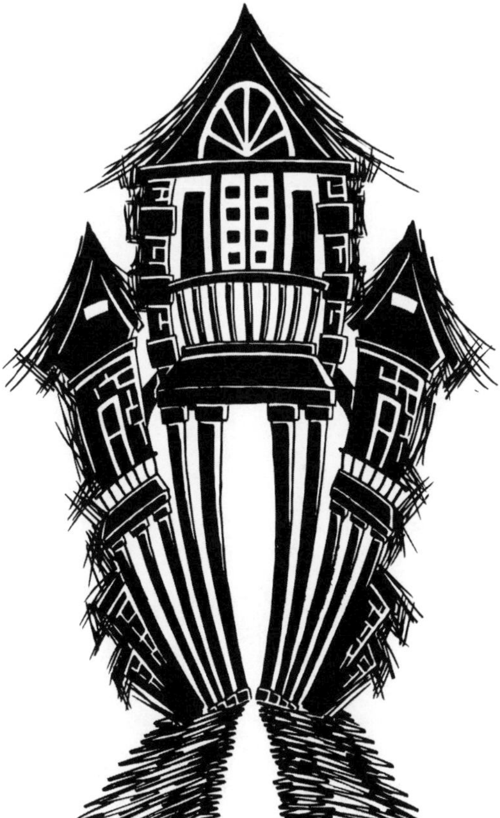

他聽見了呼喚。

深遠綿長，如探針般侵入他的意識，然後喚醒。

誰在叫我？

我是誰？

睜開眼睛，他不知道到底發生了什麼，只覺得全身輕飄飄的，思考如被蓋上一層厚布、無法深入。而在心中，彷彿在靈魂深處，有一種被共享的感覺，那感覺就像燒傷後結的痂，被一點點揭開般。

那種痛苦、那種絕望，他很清楚不會是自己的。

這是誰的感覺？

只不過是一點點感同身受，就讓人難受得快要發瘋。那當事人呢？他陷入了怎樣的瘋狂？

他動了動身子，發現自己正在下一座階梯，他甚至不知道這是哪裡——一棟豪宅，或許吧？至少這裡看起來相當正常。

「大屋」這名詞給他一種奇怪的印象。他記得自己曾到過一棟詭異的屋子、遭遇奇特的事情，但其中細節他幾乎都不記得，只剩稠而深邃的恐慌縈繞於腦海。

他繞了一圈，認為這裡不是那棟大屋，因為格局和他模糊記憶裡的完全不同。

那這又會是哪裡？

「你會幫我做事，對吧？」清脆的童聲自身後傳來。

「什麼？」他轉身，看見一位小女孩從廊道另一端慢慢走近：「妳是誰。」

對於來者的樣子，除小女孩之外，他找不到其他形容詞，因為對方的樣貌，除輪廓外都是完全模糊的，只給人強烈的女孩印象、又或者人偶般的無機氣息。

「我是屋主。」她道。

「屋主？妳？」他搖搖頭，還是接受這件事：「我該為妳做些什麼？」

「你要幫我打理這棟屋子，還要款待來此的客人，」女孩將掃把、水桶與拖把交到他手上：「這裡還有一些和你同樣的人，晚點我會給你介紹。」

他點點頭，便開始著手打掃工作。

那個小女孩說不定是自己的雇主。把抹布擰乾，細心擦拭窗框內緣，他有一種不該抗拒那女孩的感覺。

「這裡弄好了了的話，就來幫忙搬東西。」

「好。」

過了會，他隨女孩走到一間儲藏室，那裏放著一張折疊桌、兩副折椅：「要搬到哪呢？」他問。

「幾天後會有客人到來，我們要準備好這一切。」

女孩領著他走到門口，旁邊有一座花園，最顯眼是正中央的花架，如隧道般，上頭垂著滿滿的爬藤與不知名花卉。

他對花不熟悉，不過那淡紫色的花簇令他聯想到某種觸肢，隨風飄動更使人不安。

「放在那下面就好。」女孩說，他即便把桌椅放到花架下方。

「哼哼，那一定會是很優雅的會面！」

「妳要和誰見面呢？」

「我不知道。」

「妳在為一個根本不認識的人準備會面？」

「我可以認識任何人，只是還沒見過面而已，可以的話，我會款待每一位來此的客人。」

他聽不太懂，只繼續手上的動作，打掃、澆花、除草、洗衣，直到接近晚上，女孩對他的工作非常滿意，於是引領他走到一扇門前。

「這裡是？」

「早上不是說過了嗎？我會把你介紹給你的同類。」

戴頭巾的胖大媽，有著和善笑容的園丁，和穿著筆挺西裝的管家。說到同類——他想是幫傭，腦裡就浮現這些形象。

「讓我介紹給你認識，他們就是你以後的工作夥伴。」女孩把門「碰」地打開，當他看清裡頭的景象時，瞳孔瞬間放大，感官的衝擊使他思緒停擺，呻吟無意識地從齒縫漏出。

於昏黃燈光下成排屹立的，是「怪物」。

像是人，卻喪失人該有的形體。

有的腦袋缺了一角，就像是被某種器具挖走，露出鮮紅的內面。

有的全身焦黑，如被火焚身。

有人缺肢斷腿，灰青的肌膚上滿布咬噬的痕跡。

乾枯、殘缺、突兀，所有形容悲慘軀體的詞都能在他們身上找到。

在他呆滯時，女孩毫不顧忌地走進，與每個人形的東西擁抱，並互相獻上親吻：「他們愛著我。」

「他們回應了我無法控制的呼喚，我們每一個人，都對彼此感同身受，」女孩把頭深深埋進一個壯碩男人的胸膛：「我能聽見他們的心跳。」

他看著女孩的面孔完全沒入男人破洞的胸腔。

「有人說，他們遭受噩夢，」他牽起焦炭女性的手，額頭貼著額頭：「但我能感覺到熾熱的體溫。」

他聽見肉體灼燒的嗤嗤聲。

女孩彈了個響指，隨一陣嗚嗚的呻吟，它們退開並讓出一條路，佔據整面牆的口、老人的下半張臉浮現於後牆。

「一切都如此美好。」女孩走近，用雙手托著那巨臉的鼻尖。

「但我還是無法得救。」

「妳……妳、妳……妳和它們到底是什麼東西？」

「東西？」他能感受到女孩在笑：「這很失禮，他們都是好人。」

「他們了解我的痛苦，

在這裡的很長一段時間，他們用愛來對待我，

我感受到滿溢而出的關懷，

他們幫我做任何事，

你也會一樣嗎？」

「會嗎？」女孩的話語直入他的心窩，他無法逃跑。

現在他明白了，那時感受到的痛苦是誰的。

是這女孩的，那種絕望與渴求透過女孩的輕觸，流入他的意識，同時他也感覺到無比的恐懼。

「不……」他推開女孩並往後退。

「不要過來。」他繼續後退，離開房間，然後一直退到玄關。

「你要去哪呢？」明明已經退得很遠了，女孩卻還是瞬間出現在他眼前：「已經沒地方能回去了。」

我們都回不去了。

她的聲音重擊腦海。他想起自己應該有帶槍，於是將手伸進口袋，卻只摸到一支彈匣，他憤而把它摔在地上。

女孩模糊的臉愈來愈近，他飛也似地逃離，不知不覺中來到廚房。

「不要過來！」他抄起一個大的番節醬瓶，往女孩的方向丟去。

「匡噹」瓶身破裂，鮮紅液體灑得到處都是。

「你和他們都是一樣的，」女孩輕聲細語道：「不信？你可以照下鏡子。」她揮揮手，一面鏡子來到他眼前。

其中映出的，是異樣的面龐。

那不是活人的臉，但說是死人，又有點太生動了。

他臉上爬滿咬痕，血液凝結，使臉色近乎青黑。而表情——他清楚看到那個表情——恐懼。

他跪下，呼吸變得極為急促，直到他終於受不了而躺平。

「這到底是什麼啊？」他流不出眼淚，卻感覺眼眶濕潤，伸手一擦，都是發黑的血液。

「我到底怎麼了？」

咽嗚著、掙扎著，他只覺全身無力。

女孩就在一旁看著，隨後安靜而緩慢地，靠近他的身邊。

「你需要安慰。」女孩俯在他的胸口上，右手輕撫他的額頭。

過了不久，在朦朧的視野裡，他看見一名男性走入廚房，並與女孩溫馨地互動。

親切而溫暖，他知道，自己已不屬於那個世界。

他想著，意識陷入混沌。

伊維特．布朗做了噩夢。

就像卓別林默劇般，夢裡沒有任何聲音，只有連續的黑白影像與強烈躁點，那裡有一個灰色的老男人，蓄鬍且面容消瘦——他看起來不像現代人，街道也像上個世紀初的風格。

那個老人有著紳士的舉止，與惡魔的行徑。

虐待。

肢解。

烹調。

分食。

儘管只是一閃而逝的畫面，但那些景象正意味著那些內容。

孩童們被拐走，無論男女均被施予暴行。這個老人甚至擁有信仰、扭曲到極致的宗教觀，讓人質疑那種精神狀態，是否被允許存在於世上？那是人類能踏足的領域嗎？

模糊卻駭人，僅僅冰山一角的體驗，就讓布朗女士在睡醒時發出不可抑制的尖叫。隨後葛瑞絲跑來道歉，她不懂對方為何要道歉，但緊隨而來的擁抱確實甜美得難以抵擋。

深呼吸以穩定情緒，布朗女士看了眼時間，覺得該回去了，她還有很多事得做呢。而在這之前，她還是跟艾德說了關於噩夢的事。

她腦裡一團混亂，只想找個人一吐為快。

陸章　那個女兒

「我也不知自己是怎麼了，不過我媽最近那樣，真的很奇怪。」
「我覺得這是好事，她在我們這邊也做得很好，葛瑞絲很喜歡她。」
「我一開始也覺得這是好事……」
「那不就好了嗎？」
「問題是，我覺得她不再在乎我。」
「妳從哪裡覺得她不在乎妳？」
「就像……她的態度完全變了，她甚至讓我照我想的穿。」
「所以你覺得像之前那樣，她衝進來想甩你一巴掌，那才叫合理？」
「我知道這種感覺很奇怪，但我知道，她一定『沉迷』在什麼裡了。她從前老讓我穿那種輕飄飄的洋裝，但現在你看。」
「沉迷？」艾德看著眼前的女孩，她穿著時下流行的T恤熱褲，其實和上次找到她時穿得差不多。他也不以為意：「說不定是她想開了，我不知道現在年輕人是怎麼看的，但妳看起來很正常。」
「是這樣嗎？」
「說真的，我很不擅長談這種話題，但我可以介紹認識的諮詢師給妳。」艾德姑且還是做了筆錄，又隨口聊了幾句，就把潔西卡打發走了。

自己也到了能當年輕人諮詢對象的年紀了嗎？艾德頗不想承認這點，但每天早上，自鏡裡映出的皺紋卻毫不留情地提醒這個事實。

現在是非常時期，潔西卡終究只是個案件線索，她的家庭問題不值得艾德消耗太多時間。而鑒於己方所面對的情況，他也不得不撤回所有跟著她的祕密保護員，否則根本應付不來。

至少現狀是這樣。

在局裡繞了一圈，人員數比以往少了將近一半，打來的電話卻增加了好幾倍。

情緒已經爆發了。

數十名青少年失蹤，二十多位員警或精神失常、或主動辭職。那一次造成的損害，遠比一整年的全加起來多上幾倍。艾德也開始懷疑自身的精神狀態，那場大火、與自燃的部下在他眼前揮之不去。

再也掩蓋不下去了。他撐開百葉窗的縫隙，看到窗外的景色，有好幾名男女來回走動，他們都是不願移居他處的失蹤者家屬——實際數量肯定比眼前的要多。

這樣下去警方遲早會被扣上無能的帽子，然後發生暴動吧？

是時候公佈了嗎？關於失蹤案的事。

以往是因為犯案頻率較低，為了防止損害擴大，才對外壓下案情；但想起那恐怖的經驗，艾德已不認為自己能處理這事。

再不加快步伐，肯定會發生更嚴重的事件。愛德對一名部下說道：「用你任何的手段，查和這幾個關鍵字有關的——『灰色的男人』、『食人主義』、『20世紀殺人魔』、『人體自燃』、『黑童謠』。」

「是！」對方很有精神地回道，忽然又變得有些遲疑：「是案件會用到的資料？」

「對，」艾德點頭，他也不在意了：「還有。」

「是。」

「也幫我弄點關於親子關係的資料，最好是母女的。」

晚點的時候，艾德抱著幾本關於家庭教育的書，避開那些隨時會圍上來的人群，好不容易回到家。他見葛瑞絲的房門是打開的，且裏頭還傳出笑聲，不禁走過去看。

眼前是一副溫馨景象。整日的壓力在此刻獲得紓解。

布朗女士正在幫葛瑞絲打扮，

「乖女孩，」布朗女士幫葛瑞絲戴上蝴蝶結，然後把她抱得緊緊的：「妳是最棒的女孩。」

葛瑞絲笑道：「妳就像我的母親。」

「妳大可把我當成真正的母親，」布朗女士又為葛瑞絲梳頭，她們身邊散落著大量衣物，堆成山丘似地、少說也有幾十件：「這些衣服都是潔西卡以前的。」

「她不會在意嗎？」

「反正也都穿不下了，而且比起她，現在還是妳比較重要……我是說對這些衣服而言。」

「妳整天照顧我，還有心力去陪潔西卡嗎？」

「她已經是成年人了，而且妳聽著，」布朗女士以雙手托住葛瑞絲的臉頰，眼對著眼，她的嘴角勾起大大的弧線：「我愛妳，就像愛我的女兒一樣。」

葛瑞絲也笑著說：「妳愛妳的女兒嗎？」

「當然囉，我愛妳。」

「咳咳，」為了顯示自己的存在，艾德咳了兩聲，布朗女士嚇了一跳；葛瑞絲卻是滿面欣喜。

「你終於回來了！」葛瑞絲聽見艾德的聲音，隨即跑近，她穿著一身輕飄飄的洋裝：「這是布朗阿姨幫我換的，好看嗎？」

艾德點頭，把視線轉向布朗女士：「這是給妳的。」一邊把書籍交給她。

「啊……謝謝，」布朗女士看到這些書的標題，愣了片刻，又馬上看了眼手錶，驚呼一聲，忙道：「我該走了，明天見，葛瑞絲。」

「不留下來吃晚飯嗎？」葛瑞絲問。

布朗女士搖頭，她見艾德也不勉強，就這麼走出屋子。

小鎮的路相當簡單，但相對的路燈也少，在這個夜晚，布朗女士只能打著手電筒、迎著月光前進在幽藍的道路上。

回到家，那裡不過就是個小平房，沒有什麼設備，只有最簡單的生活機能。今晚氣溫偏低，布朗女士點燃客廳的小壁爐，這時潔西卡穿著睡衣走進：「媽，妳回來了。」

「嗯，」布朗女士坐到沙發上：「來，坐我旁邊。」

「欸……好、好的，」潔西卡有些彆扭地擠進沙發，她知道媽媽有話要說：「有什麼事嗎？」

「妳今天有和警長先生說些什麼嗎？」

「沒有啊。」

「妳在騙我，」布朗女士的眼睛瞇成一條縫：「乖女兒，妳說謊時會一直用食指敲打膝蓋。」

「哪有！」潔西卡把手背到身後。

「我要妳說實話，放心，我不會對妳怎樣的，我最近不都讓妳做妳想做的了嗎？」

「但是媽……」潔西卡直視布朗女士的雙眼，感到膽怯而別開視線。

「沒有什麼但是，潔西卡，妳和警長先生說話了，對吧？」

「有是有，」潔西卡艱難地點頭：「可是……」

「我就知道！」布朗女士表現得非常欣喜：「你們都說了些什麼？」

「那是關於……」

「妳和我，對吧？」

潔西卡有些顫抖，她看著母親的樣子，想到前陣子有推銷員來拜訪，她也是用相似的態度說話。

開朗、陪笑，那是母親對不太在乎的人事物所抱持的態度；偏執、沉溺，偶爾帶有嚴厲，那是母親對真正在乎的人所抱持的態度。

而現在，母親就以對前者的態度對待自己。潔西卡的心臟一陣陣地猛跳，最近太多事情發生變化，即使她有年輕人柔軟的思維，也很難接受一切。

「妳和他說了什麼？說了關於我們的什麼？」

面對母親的質問，潔西卡點點頭，鼓起勇氣便道：「妳真的在乎我，是這樣對吧？」

「妳認為我不夠在乎妳，那真是天大的笑話！」布朗女士哈哈笑著。

「我沒在開玩笑，媽，是什麼改變了妳？」

「妳得承認這是好的改變，」布朗女士把臉湊近，右手環繞潔西卡後頸、搭住她的右肩：「我之前管太嚴了，那造成了妳的反彈，不是嗎？還是妳想要我回到以前的態度？」

「至少那代表更多的關心……」潔西卡嘟囔著，她感到心情複雜。

「妳剛剛說了什麼？」

「沒什麼，」潔西卡挺起背脊，看著布朗女士，喃喃道：「那份關注，轉移去了哪裡呢？」

「潔西卡，妳在說什麼？」

「妳是不是，真的沉迷在什麼裡了？」

「轉移？沉迷？我不懂妳說得是什麼意思，我的女孩，妳可能是太累了，上床休息吧，我明天會再問妳問題。」

「我再問一次，妳真的在乎我嗎？」

「當然！」

潔西卡看著母親，沉默了一下：「妳在敲著膝蓋，用食指。」

「有嗎？」布朗女士瞪大眼睛，把手背到身後。

「我們果然是母女。」潔西卡苦笑，起身回房。

「……」隨潔西卡離去的腳步聲，寂靜降臨在這個只有布朗女士的空間。

壁爐發出連續的劈啪聲，火光被陰影逼退至角落，只在她背後拉出長長的黑影。

布朗女士打開壁爐蓋，把艾德給的書籍全丟了進去。

艾德把手邊的紙張全丟到一邊，一屁股坐到房間的椅子上，隨後閉眼並伸手揉著太陽穴。在家看完屬下蒐集的資料後，他得休息片刻。

他不敢相信自己看到了什麼。

怎麼會有這麼荒謬的事情？傳真過來的紙張上，一字一句地，全都在描述關於一個男人的事蹟。

亞伯特・費雪。

發狂的月光殺手。

紫藤狼人。

床邊怪物。

布魯克林吸血鬼。

——灰人。

生存於19世紀末到20世紀初的連環殺人魔。

他手下有300名受害者慘遭侵犯，至少15名孩童以最殘忍的方式被殺害。

他不只擁有嚴重的戀童傾向，還是個根深蒂固的食人主義者。

犯案時間長達數十年，直到暮年才被抓捕歸案，在那之前，他甚至過著幸福快樂的生活，育有六名子女，當了個好丈夫與好父親。

一方面過著平靜安詳的生活，一方面把幼童切碎下肚。他已經病態到無法歸類的境界，這個變態殺人魔除了有幻覺、幻聽外，對宗教理念、救贖與懲罰、罪孽等信仰都抱有強烈扭曲的觀念。

當警察問亞伯特・費雪為什麼要這麼做時，他是這麼說的：「你知道嗎？我真的也不懂為什麼耶。其實我做完後都會感到非常慚愧，我甚至願意犧牲自己來挽回這樁悲劇。」

「我就是有種有如吸血鬼必須喝血的衝動。」

「我覺得我做得都是對的，因為如果我做錯了，上帝派來的天使應該會阻止我。」

他的口述清晰而直接，語氣甚至是有禮的。

看到這裡時，艾德已經快支撐不住了，就算只看書面資料，這個男人也比自己所接觸的犯罪者全加起來，還要病態千百倍。

在妻子離去後，他的自虐傾向愈加嚴重，他把釘子釘入自己的腹股溝，原先不久後他會把釘子拔出，但後來他釘得太深了。以至於X光片顯示他在自己的骨盆處釘了至少29根釘子。

一九三六年一月十六日，66歲的亞伯特・費雪在被處死前，他眼神透露著期待，表情顯得詭異愉悅，甚至迫不及待地幫助執法人員把電椅上的綁帶給綁好。

「我是否可以聽見電流穿梭在我體內的聲音？要是可以聽見自己的骨頭被電到粉碎的聲音，應該是我人生最後的享受吧！」

這是他死前的最後一段言語。

而他腹腔內的釘子，使他在受刑時，不得不在電椅上多坐了一會。

艾德翻著一頁又一頁，從裡面透露出的瘋狂使他顫慄。但這還不是最令他震驚的。

關於亞伯特．費雪，資料上他最為知名的受害者——

那是一名10歲的女孩，她被化名法蘭克．霍華的費雪以邀請去姪女的生日派對為由誘拐，她被扒光衣服並勒死、分屍成小塊，然後進了烤箱。他聲稱這是最美味的肉類。他甚至把殺害、肢解並烹調女孩的過程，鉅細靡遺地寫成一封信，然後寄送給她的父母。*

……

……

艾德翻資料的手停在那頁，眼睛死死盯著當時報紙刊載的圖像。

那個女孩。

那個在照片中露出燦爛笑容的女孩。

那個可憐的女孩。

她名叫「葛瑞絲．巴德」。

應該只是……巧合吧？

「叮咚——叮咚——」艾德聽見門鈴聲。會是誰呢？今天是休息日，布朗女士應該不會過來

* 引用自《上帝的黑名單》

才對。

艾德開門，站在那的是潔西卡，她穿得和上次見時差不多，漂染過的髮色已幾乎回復，只不過全身濕淋淋的，氣色相當難看。「警長先生，能讓我進去嗎？」

剛才似乎有下過雨呢。艾德請她脫鞋，在玄關地墊上把腳弄乾。

「真虧妳找得到我這，」過了一會，他把乾毛巾遞給潔西卡：「所以呢，有什麼事值得讓妳跑到這偏僻的地方、還讓妳忘記撐傘？」

「我不想繼續待在家裡了。」

「我這裡也不是逃家少女的收容所，」艾德扶額道：「不過我們得先處理妳現在的狀態。」見上一條毛巾已經濕透，他又遞出另一條乾毛巾。

潔西卡擦乾頭髮，弄到不會滴水的程度，便隨艾德走進。

「這裡是妳媽平常休息的地方，盥洗衣物都在裡面，」艾德領她到一個房間，這裡以前是庫房，現在則被葛瑞絲整理成休息室：「那個櫃子，打開，然後浴室在二樓。」

艾德說完，就走回客廳繼續閱讀文件。潔西卡則拿了衣物上樓，走到浴室門前，聽到裡面有水聲。

「哼哼哼哼——哼——哼哼——」裡頭傳來輕哼聲，小女孩清脆的嗓音以舒緩的節奏編成旋律。

在裡面的應該就是「葛瑞絲」了吧？她聽母親說過一大堆關於這女孩的事。

「嗯？在外面的……是潔西卡嗎？」

「妳怎麼會知道⁉」

「有人告訴我的。」

警長先生剛剛有來過嗎？潔西卡正在外頭等候，此時葛瑞絲的聲音又從浴室裡傳出：「我沒關係喔，潔西卡姊姊，一起來洗吧。」

「不，那、那怎麼好意思。」

「一起來嘛。」葛瑞絲的聲音又一次響起，回過神來，她發現自己已經站在浴室裡頭。

「什麼⁉」

浴室蒸氣如霧般瀰漫，小小的身影顯露。潔西卡與葛瑞絲面對面相望。

「艾德哥哥已經知道了很多事情，而妳——我不討厭妳。」長長的金髮、濃重的黑眼圈，嬌小的身軀與白到病態的肌膚，她的存在感填滿了整個空間。

明明是在濕氣濃重的浴室，潔西卡卻感到嘴唇乾涸。

「妳是什麼？」

「我是葛瑞絲。」

「妳想要我做什麼？」

「總之，」對方悠悠地說：「來幫我擦沐浴乳吧。」一邊露出天真的笑容。

潔西卡被那悲慘的笑容吸引，於是開始為她洗浴，這才看清了葛瑞絲的身體細節。

她幼小慘白的身軀上，分布著無數人偶合縫般的陰影，那些陰影線條牢牢鎖住潔西卡的視線，從外望進去，線條裡就像藏匿什麼。

「這些是什麼？」

「妳想知道？」

潔西卡搖頭，又道：「妳到底是什麼人？」

「我是個孤兒。」

「那妳和我有點像，我爸爸在我小時候就離開了。」在這個不可思議的小女孩身邊，一切都顯得理所當然，所有言語、猜疑都化作最簡單的形式。

「我在我父母年輕時就離開了。」

「不是他們離開妳？」

「是我離開他們，這點無庸置疑。」

「……」

葛瑞絲率先打斷短暫的沉默：「潔西卡姐姐，讓我問妳喔。」

「什麼事？」

「妳有情緒嗎？」
「這是當然，是人就會有情緒。」
「那麼現在，是什麼樣的事，讓妳有這樣的心情呢？」
「那是……」潔西卡想起母親的事，心情很是複雜。葛瑞絲背對著她，其視線通過鏡子反射，烙於潔西卡的視網膜，那雙眼中的某物，讓她心中的陰影不斷擴散。
想要受其關愛，但母親的關注會令自己難受……而現在，她甚至已經不在乎自己了。
好可怕。
沒人會再愛自己。
沒人關心自己，那樣的世界會是如何？
潔西卡覺得自己也太淺薄、懦弱過頭了，連母親的關注也會讓自己受傷，而當母親變得溫柔，她又開始害怕失去那種「關愛」。
那樣的事情，絕對不要！她努力想揮散腦中的陰霾，有動作的卻是身體，她揮拳打碎浴室裡的鏡子。
「對，就是那樣。」
「什麼？」
「妳有多難過，對周遭造成的傷害就有多大，」葛瑞絲張開雙臂：「那如果，妳心中的是

『絕望』呢？」

「如果妳經歷了世上最大的苦難呢？

如果妳至今還活在地獄呢？

那時妳身邊的一切會變成什麼樣子？

「會變成什麼樣子呢？」葛瑞絲把淋浴水龍頭轉到最底，上方蓬頭的水沖刷而下。

泡沫被捲進排水孔，像漩渦，許多事物都被倒轉過來。

布朗女士回到家，發現潔西卡不在。

又和朋友出去玩了嗎？

算了，那種事怎樣都好。布朗女士這時腦裡第一個浮現的印象，是葛瑞絲。

只有葛瑞絲。最近不知是怎麼了，無論在思考什麼、煩惱什麼，最終思緒都會導向那個小女孩。

心中忽然掀起一陣波瀾，似乎有什麼，在葛瑞絲身上發生了、有什麼改變了。

要去那裡。

到葛瑞絲身邊。不知不覺間，布朗女士就走到了鎮的郊外。

眼前的景象與記憶中的不同，警長先生的家門不是長這樣的，而且通常也不會有霧氣籠罩。

灰色的磚牆、黑色尖頂，深棕的窗框與慘白的大門，看起來比之前大氣很多，不過氛圍也更顯沉重。

重新裝潢了嗎？那也太迅速了。布朗女士確定自己沒走錯路，在這個位置的房屋，就是警長先生家。

雖抱有疑惑，但她仍依循著那呼喚、引導的感覺，推開那道門扉。

布朗女士從正門走進艾德家。

穿過擺著衣帽架的廊道，然後她看見了，艾德、葛瑞絲與自己的女兒——潔西卡相互對談的畫面。

由他們談話中透漏的隻言片語，那是關於自己的話題。

布朗女士走上前，佇立於客廳入口：「潔西卡。」

「呃……媽？」

潔西卡看著母親，感到一種難以言喻的氛圍。

「妳在和警長先生、在和葛瑞絲說我的壞話嗎？」

「不、不，那只是……」

「潔西卡，妳過來，我們回去。」

布朗女士低著頭，這讓她半張臉都浸在陰影裡。艾德感覺情況很是奇怪，於是道：「布朗女士，語氣可以不用這麼強硬，我給妳的書……」

「我不需要那種東西，愛必須是自然而然的，」布朗女士踏出一步，眼神沒有離開過葛瑞絲：「像她這樣可憐的女孩，需要更多關愛，我的關愛——那是你不能給予她的，警長先生。」

狂熱、偏執，彷彿被什麼誘導的姿態。艾德看著布朗女士，想起當時去闖大屋的年輕人。

到底是什麼在吸引他們？艾德別開視線，又迎上葛瑞絲的目光。

是她嗎？

葛瑞絲，妳到底是什麼？

「我是葛瑞絲，然後艾德哥哥你應該也知道了，」葛瑞絲從椅子上跳起，踮腳轉了兩圈後說：「我是葛瑞絲．巴德。」

「唔⁉」

「然後啊，從正門進來的，會遭受噩夢。

從後門進來的，會得到款待。」

隨布朗女士步步逼近，葛瑞絲把視線轉向潔西卡：「妳大可擺脫這窘境。」

「什麼？」

「妳是從後門進來的，所以我應該款待妳，」葛瑞絲輕聲細語地對潔西卡問道：「妳現在有什麼願望呢？」

「妳最急切、最深沉的願望，那些都可以實現。」葛瑞絲靠得更近，並繼續說：「說出來吧，無論用何種方式，我會讓它實現。」

「我、我不想要媽在這裡。」

「那麼就這樣。」

葛瑞絲轉身，跳躍，撲進布朗女士的懷裡。

她磨蹭著布朗女士的臉，又將之捧起，慢慢地、輕柔地，扭轉。

「啪嘰……嘎吱……嘎……喀喀……」

葛瑞絲用那細小的雙手，把布朗女士的頭拔了下來。

「我以為可以在妳這找到安慰。」

那顆頭顱下還連著幾節脊椎，隨葛瑞絲的動作晃蕩。

「我喜歡妳、還以為妳能成為我的母親。」

血滴答滴答地落地，和那咚地倒下的身軀一同起火燃燒。

「但妳傷害了自己的女兒；而我又不能控制自己，畢竟妳從正門進來，」葛瑞絲抬頭，淚水滑過稚嫩的雙頰，她以無以形容的聲音咆哮：「對不起、我真的很對不起!!」

她吼完，隨一陣短暫的靜默，葛瑞絲神情急轉，又呈一副放棄似的模樣。她隨口哼起曲調，輕靈悠遠的歌聲響起——

「麗茲波頓拿起斧頭♪
砍了她爸爸四十下♪
當她意識到自己做了什麼♪
她砍了她媽媽四十一下♪」

葛瑞絲高舉布朗女士的頭顱，之後又把它緊抱在懷裡。

「我砍了妳四十一下，」

「但這裡沒有爸爸。」

「這裡只有艾德哥哥。」

布朗女士無頭的屍身燃燒著，隨硫磺臭味溢出，它發出劈啪聲響的同時也在擴大火勢。

很快地，大火延燒了整個房間。

「妳為什麼要這麼做!?」

「為什麼！！？」

之後的事情都是一團混亂，艾德拉著呆滯的潔西卡，為逃離火場而奔向大門，期間他不斷吼叫著。

葛瑞絲的聲音遠遠地傳來：「你知道嗎？其實事情發生後我都會感到非常慚愧，我甚至願意犧牲自己來挽回這椿悲劇。」

火光回捲，吞沒葛瑞絲的身影，同時大門打開，空氣灌入現場引發爆燃。兩人只感到背後傳來灼熱感與極大推力，他們雙腳離地，被火球周邊氣浪推出屋子。

而火焰在抵達門口時就宛如撞上鐵壁，它回捲並急速衰退，帶起的氣流將大門重新闔上。喘著氣，從緩坡上爬起身，他們第一眼能看見，小鎮那樣的街景。

大屋、大屋，還有大屋。

曾蓋有各式房子的地方，都坐落著一棟棟大屋，如被替換掉般，這鎮子的風景現在全由大屋構成。

但有一點不太一樣。

那數百棟大屋面對二人的部分，全都是後門。

再回頭看艾德自家，歷經火災後依然完好無損，整棟建築卻旋轉了180度，原先的入口被掩埋於坡地中，露出那猙獰的正門。

——大屋的正門。

柒章　那座小鎮

這裡是地獄。

是有著大湖的小鎮，同時也是被濃霧包裹著的、不見天日的地獄。

這裡是，那位名叫「葛瑞絲」的女孩所留下的，所有痛苦經歷的具象化。

艾德看著眼前一棟棟大屋，多少個早晨，他期望這副景象能有所變化，可一次也沒能如願。

所有家電都能正常使用，網路、電視的訊號接收都很正常，一切外界資訊的流入都毫無阻礙。但唯獨無法與小鎮之外的地方取得聯繫。

電話、電腦網路，乃至傳真，全都發送失敗，甚至徒步往鎮外走，也一定會在霧中繞回原處。

這裡被封鎖了。

一天又一天，他不得不想方設法去適應那樣的生活。

直到現在，已經過了兩個星期。

又是一個令人鬱悶的早晨，艾德為尋求變化，已養成了每日巡視小鎮的習慣，結束後走回原是警署的大屋門前，他推門而入，熟悉又陌生的景象映入眼簾——桌椅、物品櫃與消防栓，一切物品都與以往無異，但其氛圍與空間排列卻予人強烈違和感。

椅子以不可能的形式倒放、桌子被歪斜地擺在牆邊、燈具從四面八方射下光亮，沒有一件物品是擺在應有的位置上。就像他以前逛過的美術館，那些展品無一不透著荒謬的氣息。

至於艾德曾經的下屬、朋友，同事們，現在都以怪異的姿態從事著他們以往做過的、與沒做過的事情。

全身烏青的女警操作著電腦，為艾德蒐集資料。

皮膚碳化的青年打掃著空間，動作間能從表皮龜裂處窺見血肉。

桌邊映出陰影，一位高大無頭的男性靠近，缺指的手上端著一杯冒著熱氣的、剛泡好的咖啡。

「謝謝。」艾德邊敲鍵盤邊接過對方遞來的咖啡，喝了一口，味道就和葛瑞絲曾端給自己的一樣。

他們在款待艾德，滿足他所需的一切。

已如同行屍走肉，卻還被迫服務於他，這簡直是對生命的汙辱。

自己已經瘋了。

艾德很確定這點。

曾經的同事熟人全變成這副慘狀，並以以往不曾有的方式對待自己，卻還是漸漸習慣。沒有溝通、沒有言語，他只能懷念著大夥曾經鮮活的樣子，然後接受款待。

習慣這種處境本身，就是最可怕且不可原諒的褻瀆。葛瑞絲以前都是過著這樣的生活嗎？

艾德活動了下肩膀，把視線重新聚焦到手邊的文件，並與螢幕上的資料比對。

葛瑞絲是從什麼時候出現在這小鎮的，關於她的父母的資料，還有她身為葛瑞絲．巴德時的一切。

很奇怪的是，他找不到任何一筆關於「葛瑞絲」的資料，無論是領養文件、身分證或護照、甚至家庭關係。她就像是在這小鎮上存在了許久一樣，沒有人懷疑，也沒有任何異狀地融入他的生活。

她因父母過世而成為孤兒，之後被自己領養，一年的時間，這個小女孩改變了他的一切。

但現在，他找不到任何證據能證明葛瑞絲的存在。

不可能啊。艾德苦思著，他很確定自己當時連一絲懷疑都沒有過，那個女孩，是如此地——不可思議。

他甚至不知道自己面對的是什麼。

艾德愈是翻閱資料，心裡就愈是奇怪，為什麼沒人發現這些疑點？

要是在這個瘋狂的小鎮裡，連自己的記憶都不再可信，那自己會變成什麼樣子？他也不怕燙口，一口氣把整杯咖啡咕嚕下肚。

反正不會比現在更瘋了。他把茶具放到無頭屍拿來的托盤上，對無頭屍點了點頭，就繼續面對螢幕。

關於「葛瑞絲·巴德」的資料倒是找到了些，艾德默默把它們記下，畢竟這些都是拿來理解葛瑞絲的根據。

再來是小鎮的問題嗎？

很明顯，這情形已經不是常理能解釋的了。

這已是神祕學的領域，就像五十一區或魔法那樣，荒謬而虛妄的想像。唯一的區別只是發生在他身邊的事，都是真實的。

這些日子裡，自己有多麼無力且渺小，他已經充分體認到了。

艾德只想把這一切弄明白，他想見葛瑞絲。

而那些不可思議的、詭祕的東西，一定會是線索。

這時艾德想起了存放在瑞許倉庫裡的、那本令人作嘔的書籍。

得走一趟了。艾德起身走出大屋，並準備往下一棟大屋邁進。

大湖岸邊，原先的租船場如今也被大屋取代。大量船隻以難解的排列掛在天上、或半插進土地裡，形成「船林」景象。

原是瑞許家的大屋就在旁邊，艾德繞了片刻，發現只有上次來的倉庫還保持原樣。

於是他逕直走了過去。

倉庫本來就屬於封閉空間，加上瀰漫整個小鎮的霧氣，這讓裡頭顯得異常昏暗，艾德打開手電筒，由於霧氣透射的關係，手電筒射出的光形成了一道光柱。

而後他聽見了細小而怪異的聲響，如在摩娑呢喃著什麼。

艾德循聲走進，最終在深處發現人影。

「是誰？」艾德把手電筒對準那裡，他很確定，這是完整且活生生的人，不過對方的頭是低下的，他沒能一眼看出那人的身分。

那人沒回答，取而代之的是細碎的聲響。

「ifsjijoeagp' kiwah」

「jgdijrpoeakosiG」

「gjsjiwjekwpi」

對方渾身發抖、蜷縮在倉庫的角落，手裡捧著艾德想找的書籍，並不斷嘟囔著難以理解的話句——這是人類能唸出的發音嗎？艾德感到疑惑並繼續走近。

即使有人靠近並被手電筒直接照射，對方卻還是毫無反應。

終於，艾德走到了那人身邊。

看上去，他如果站起來的話，應該是相當高大的，不過他露出的手部卻顯得骨瘦如柴，長褲管也寬鬆至塌下，艾德懷疑這人除了發抖打顫外，是否還留有能站起來的力氣？

「嘿，振作點。」比起身體，現在艾德更擔心他的精神。

那本書。對方從剛才就一直抱著書碎念，肯定有什麼問題。艾德又叫了一聲，便伸手試圖抓書，此時對方忽然抬起臉。

「!?」

在這到處都是死人的鎮裡，艾德對那些悲慘形象已近乎麻木，可當這臉出現在活生生的人身上，只能說是駭人。

輪廓乾枯到近乎非人，幾乎沒有肌肉的、薄薄的皺皮下，能清楚看見凸起的靜脈與骨骼，他的眼睛整個是突出的，且呈現瘀血的紅黑色澤。對方看見艾德的同時，猛然發出嘶吼，嚇得他連退幾步。

雖然憔悴到不成人樣，但艾德還是能從他的五官特徵認出他的身分。

他是瑞許。

那個健壯豪邁、像頭獅子一樣的男人。

是什麼把他折磨成這副樣子的？

「你這是怎麼了？」

「……」

「喂！回答我啊。」艾德重拍他的肩膀。

「啊啊……啊啊啊……啊？」對方想是要把眼珠甩出來似地、用力搖著腦袋。又忽然停下。

隔著一陣凝結般的寂靜，對方的回應傳入耳中。

「你是……艾德嗎？」瑞許的聲音與外表同樣乾枯：「找到我兒子了嗎？」

艾德一怔，隨即搖頭。

「是嗎？」瑞許虛弱地顫抖：「好想……再見他一面啊。」

艾德想開口，卻什麼也說不出來，只轉而把視線聚焦在他抱著的書上。而這時瑞許的視線也跟隨艾德的目光，轉移到懷裡的書籍。

他露出無比恐懼的表情。

「啊啊啊啊啊啊啊啊啊啊啊——」瑞許仰頭髮出長串的嘶叫，把手中的書摔到地上：「是它、都是它!!」

「什麼？」

發狂的瑞許沒有回答，只逕自縮在角落繼續顫抖。

艾德只好又把目光轉向翻開的書頁。

那裡僅是一片空白。

他望望瑞許、又望望這頁白紙，嘆了口氣並撿起書本。

艾德大可一走了之，但他目前遇上了問題、所以迫切地需要一位活人同伴，為此得喚起瑞許的大腦。於是他又走到瑞許身邊，以溫和的語調說著：「請讓我問個問題。」

「……」

「瑞許，老朋友，」艾德頓了頓，問道：「**你想見你兒子嗎？**」

「什麼？」瑞許又忽然有了反應：「你說什麼？」

「我說，你想見湯姆嗎？」

「你有辦法!?」一瞬間，瑞許似乎完全清醒，他迅速站了起來，走了兩步又跌倒，他再站起來、又摔倒在地，最後他爬到艾德腳邊：「你是說真的嗎？」

「或許吧，」艾德把書籍塞進外套內裏，並把瑞許攙扶起來：「我需要你的幫助。」他讓瑞許的手臂環過後頸搭在另一邊肩上，兩人就這樣慢慢走出倉庫。

「你、你要去哪裡？」

「我得帶你回警署，那裡有足夠的醫療品，你神智不清、而且太虛弱了。」

雖已極度虛弱，但瑞許仍有一個成年男人的重量，這令艾德感到頗為吃力。兩人一搖一晃地走到街上，艾德從一個臉左右裂成兩半的男人那拿到了車，他們很快就回到警署。

「我希望你可以陪陪她，你們的狀況很像，所以我想你們能說上一些話。」艾德領瑞許走過混亂的空間，直到一個房門前，門外的天花板上掛著「休息室」的牌子。

打開門，裡面顯得相當昏暗，艾德往地上的開關一踩，側牆的吊燈便發出光亮。

這是個從外表看不出的寬廣空間，沒有任何擺設，只有四面潔白的牆壁。比起休息室，這裡更像某種牢房。

而在房間中央，一名少女就跪坐在那。她的雙眼詭異而無神，兩手被反銬在身後、腳上也戴著鐐銬，手指、腳尖、額頭上均纏有繃帶。艾德走進房間道：「潔西卡，今天開始我們多了個同伴。」

「她用盡所有方法來傷害自己，」艾德自顧自地解釋：「我不得不這樣對她，在那之後她就沒說過話了。」

瑞許對此毫無反應，只走到潔西卡身邊蹲坐下來，與她一起用毫無焦距的眼神直盯前方。

「我想你們會需要彼此，不用擔心生活，我的同事們會款待你們。」

他說完便走出門口，反手關門。

走回辦公室，艾德拿出那本詭異書籍，攤開放在桌上，之前看的時候上面充滿繁雜線條、只細看一眼就會頭昏眼花，而現在再看，那些線條仍然繁雜，不過隨艾德一頁頁翻下去，腦袋裡的不適卻比上回減輕許多。

「這是給瘋子看的書。」

艾德喃喃道，他在無數線條裡看到了一些東西、卻又說不上來，只覺那無以形名之物絕對瘋狂，足以泯滅所有常理。

自己果然瘋了。

如果不是瘋子，是不可能承受的。

陷入瘋狂，然後看這本書直至精神崩潰；或直接看這本書然後陷入瘋狂。要是情況仍沒變化，那最後的結局是無法避免的。

可看來自己還不夠瘋。

又翻了幾頁，艾德便感到眼底傳來一股熱痛，他停下並站起，搖搖晃晃地離開辦公室，接受曾經同僚款待的晚餐後，便走到接待室。

兩張長沙發，一張矮桌，還有幾個櫃子，這就是接待室裡有的東西。

現在艾德就住在這裡，因為在領養葛瑞絲前他就常在警署過夜，所以即使現在整個空間都變得亂七八糟，住起來也不至於不習慣。

想到住處的瞬間，他曾與葛瑞絲一同生活的大屋浮現於腦海。

死人們在外頭活動發出的聲響，讓房裡更顯安靜而死寂，此刻艾德又想起葛瑞絲的笑臉。

「艾德哥哥！」耳邊傳來呼喚：「唸床邊故事的時間到了喔。」

「艾德哥哥……」

「艾德……」

一聲又一聲，偶爾伴隨小女孩的幻象。不過才十幾天，艾德就患上了幻聽與幻視，平時都不會發作，但只要到睡前，葛瑞絲就會回來找他、有時還帶上皮派與布朗女士——在這噩夢中罹難的人們。

但這也不是第一次了，他知道該怎麼做。

「真是……」

搖搖頭，一屁股坐在柔軟的沙發上，艾德從大衣內側抽出一把左輪手槍——史密斯威森M28，這是他剛服役時得到的款式，雖然隨警用標準槍枝更新換代，大多新人都會持有性能更加優異的武器。但像艾德這樣的老警官，絕不會輕易更換配槍，對他們來說只有老夥伴才用得順手。

昏黃閃爍的燈光下，艾德輕撫它光滑的木製握把，接著舉起這把老手槍，以槍口抵住自己的太陽穴。

拉下擊錘，然後扣動扳機——

「喀」

沒有槍響，只有彈巢空轉與擊錘復位聲。

把愛槍放回大衣內，艾德直接側躺到沙發上。

他並沒有要自殺的意思。

艾德早就把子彈全數取出，每個晚上，睡前他都會這麼做。

不這樣做，他就睡不著覺。

開了空槍，然後躺下、閉眼、入睡，就像自己真的死了一樣。

他知道這不能帶來解脫，卻已是某種安慰——就像獲得前進力量的儀式。他怕自己如果不這麼做，總有一天會真的殺了自己，以求從這地獄中獲得解放。

昨日死寂的小鎮，今日仍然死寂，明日也將一直死寂下去吧。

「葛瑞絲……」

沉睡之際，小女孩的名字從男人口裡鑽出。

捌章　那段過去

線條。

無數的線條。

白色紅色藍色綠色，還有無以言喻的怪奇絢爛色彩，它們細長的形體在一片黑暗中蠕動。反覆交疊著、互相纏繞著，龐雜駭人的畫面壓迫著一切，直至連背景的漆黑也化為線條，加入到這糾纏的行列之中。

沒有上下左右、沒有分鐘小時，他只是在那書頁中載浮載沉。

混亂的世界裡，艾德的意識逐漸清晰，而那些彩線則構成了畫面。

眼前的是一位身形削瘦的老人，還有一對略顯年輕的夫婦。他發現自己的視線矮了很多，而且無法移動身體的任何部位，他甚至連確認自己的狀態都做不到，只能直視前方。

「那麼法蘭克．霍華先生，你什麼時候能開始工作呢？」年輕的丈夫對著老人問道。

「很快的，巴頓先生，下禮拜一就能開始。」

法蘭克．霍華將頭上圓頂禮帽的帽簷下拉致意，他有著頗高的身材，削瘦的臉上蓄著短短的八字鬍，外表舉止看起來溫和有禮。如此年事已高的紳士想找份工作，夫婦倆沒理由拒絕。

但艾德知道他是什麼人。

亞伯特．費雪。

惡名昭彰的連環殺人魔、食童者。

但他早就已經死了。

這裡是過去嗎？那自己所在的地方是……艾德正想得頭腦抽痛，只見化名法蘭克・霍華的亞伯特目光一轉，與艾德目光相接。

「啊，這是多麼可愛的小姐啊，請問該怎麼稱呼？」

「這是小女葛瑞絲，來！葛瑞絲，打聲招呼。」

隨男人的語句，艾德發現身體不受控地往前走了幾步，稚嫩的童音自喉嚨滑出，愉快地打了個招呼：「你好！」

自己是在……葛瑞絲的大腦裡，那現在的時間點是⁉艾德的思緒呈一條條黑線糾結扭動，面對前方，他只感到窒息似的壓迫。

「妳好啊，」亞伯特蹲下，與葛瑞絲四目齊平，他的瞳孔綻出險惡的光芒：「喔，我想起來了，我的小姪女這禮拜六要過生日，她想多找一些人來慶祝，但我們初來乍到，她在這還沒什麼朋友……」

他又站起來，對年輕的夫婦行了個禮：「不知我有沒有那個榮幸，邀請到這位可愛的小姐。」

夫婦倆一愣，這個老人給他們的印象實在太好了，於是雙雙把視線轉向葛瑞絲，笑道：「如果葛瑞絲願意的話。」

不可以答應！

葛瑞絲，不能這樣下去……

在短短的時間間隙裡，艾德的意識不斷咆哮著。

只在資料上讀過的慘劇、那泯滅人性的惡行，就要被實施了嗎？

他完全知道接下來會發生什麼，卻無力阻止。

一想到這小女孩會遭遇那種事情，他便感到無比地憤恨。

一想到自己必須看著那慘劇發生，所有情感又轉化成了恐懼。

龐大的無力感逐漸沖毀他的意識，只有現在，他無比地想做點事情。

不要啊！

快動起來！

為什麼……

為什麼阻止不了？

明明是警察啊！

不稱職也好。

曾是邋遢酒鬼也好。

自己怎麼樣都好！但為什麼葛瑞絲必須遭遇那些？她只是個小孩呀!!艾德感覺到喉嚨裡有個

話句正在醞釀，他拚命想將它吞回肚裡，卻毫無作用。

「好的！」

葛瑞絲回應，露出大大的笑容。

再次和葛瑞絲相處的時光，只有這短短幾天了嗎？艾德向自己問道，能見到最初的葛瑞絲，她的純真、她的活潑，和所有小女孩一樣可愛的性格，是否沖淡了自己的恐懼？

在她的腦子裡，一起唸書、一起跑跳，看著她為娃娃打扮。

有父母在身邊的葛瑞絲，有著幸福笑容的葛瑞絲。

充滿元氣地向鄰里打招呼的葛瑞絲，恬靜地在草地上躺下的葛瑞絲。

父母叫她吃飯時，她會拉長著語氣說：「等一下——」

朋友找她玩時，她會丟下手中的書本，抱著熊布偶奔下樓。

多麼美好的時光啊！

在這段時間裡，他的確忘記了所有可怕的事情，大屋、兇殺、食人、瑞許、潔西卡，這些都被拋諸腦後。只有與葛瑞絲同在的當下，令他如沐浴著光芒般，感到無比地滿足。

但是再過不久，所有的美好都將加倍變成恐怖。艾德心底是知道這點的，於是他更加肆無忌憚地感受葛瑞絲的一切。

然後那就是今天了。

當周的星期六，葛瑞絲手裡拿著一張紙條，上頭寫著法蘭克・霍華的地址。

當她愈靠近那個地點，艾德便愈加心如死灰。

那是一棟坐落於郊區的大屋。

葛瑞絲伸手扣了扣慘白大門的門環，門應聲而開，見裡頭空無一人，她便走進喊道：「霍華伯伯，我是葛瑞絲，你在哪裡呢？」

「哪裡呢……」

「裡呢……」

「呢……」

稚氣的童音在空蕩蕩的大屋內部迴盪，葛瑞絲看著手裡的紙條，喃喃道：「地址應該沒錯啊？」

這時一道黑影從她身後逼近，葛瑞絲還沒反應過來，她的雙眼已被一雙手遮擋。

「嗯？」

「猜、猜、我、是、誰？」

「霍華伯伯？」葛瑞絲咯咯笑著：「這是想要玩遊戲嗎？」

老人以低沉的嗓音，模仿小孩的口吻說道：「對的，妳來得實在有點早了，所以我們可以先玩一點遊戲——我知道，大家都愛玩捉迷藏，對吧？」

「捉迷藏？我喜歡捉迷藏，那誰要當鬼呢？」

「女士優先，所以第一回合就讓妳當鬼，呼——」他的鼻息噴上葛瑞絲的後頸：「現在我把手拿開，妳繼續閉著眼睛，數到二十，然後就來找我，找到了就換我當鬼。」

「我知道了。」

「準備好了嗎？」

「好了！」葛瑞絲大大地點頭。

「那就開始吧，範圍就在這個主棟內，」他輕輕地說，將手從葛瑞絲眼前移開，隨即往大屋深處走去：「在找我的時候，不妨順便參觀一下這裡。」

聽著腳步聲遠去，葛瑞絲開始數數。

「1——」

「2——」

「3——」

「……」

「……」

「……」

「⋯⋯」

「16——」

「17——」

「18——」

「19——」

「20！」

「好——了——嗎？」她喊道，稚嫩的女聲再次迴盪，沒有取得回應的她便邁開腳步。

小女孩在昏暗的大屋中漫步，天花板上開著幾道小窗，光線於塵埃中透射，光柱在與成排的木門交互排列的同時，也讓室內的深處更顯陰暗。

葛瑞絲推開一扇門，門軸發出悠長刺耳的嘎吱聲，往裡頭一看，卻是空無一物。

葛瑞絲邊走邊開門，一扇又一扇門內，大多都是空蕩蕩的，而那少數幾間房內，有的堆著莫名的雕塑、有的擺著燃盡的蠟燭、有的牆壁上畫滿了奇怪的紋樣，葛瑞絲對這些東西完全沒有概念，只是光看著那些排列、造型與圖案，就令她感到不適。

這些是霍華伯伯的嗎？葛瑞絲想，他為什麼要把這些奇怪的東西放在房裡？

葛瑞絲繼續走，穿過迴廊、上了樓後就沒有任何窗戶了，只有幾盞油燈掛在牆上作為光源，它們微微晃動，搖曳扭曲的光影打在灰黑色的牆上，令這裡的氛圍顯得尤為凝冷。

穿過廳堂，葛瑞絲來到了一個像是廚房的地方。鋸刀、剪刀、切片刀、庖刀、磨刀石、湯勺、湯鍋凌亂地散放在桌上與地面，兩個附帶烤箱的煮食爐已然點著，但她沒看到有任何東西在烹煮。

「真是太冒失了。」媽媽說這是很浪費燃料的行為，葛瑞絲上前想關掉它，但她不知道怎麼做，只好不管。

忽然她注意到了一件事物。

設置在廚房中央，似乎是處理食材用的料理台，她家裡也有一個，不過這個實在大多了，幾乎可以躺下一個人。

葛瑞絲歪著頭打量廚房，發現沒什麼有趣的，於是離開。

這棟屋子實在太大了，即使範圍只有主棟，葛瑞絲也花了許多時間才都察看過一遍。

「霍華伯伯去哪了呢？」

派對時間早就到了，但這捉迷藏還在繼續著，而且也沒有人進來、更沒看到所謂的「小姪女」。即使葛瑞絲再怎麼無警戒心，她也開始感到疑惑。

或許是其他人臨時有事所以沒來？

她曾想過直接離開，但爸爸告訴過他，那樣實在太沒禮貌了。

至少要先找到霍華伯伯。

葛瑞絲決定，她想了想，這麼大的屋子一定會有後院的，而後院應該也屬於主棟的一部分，於是她往更深處走去。

下樓、打開最底的門來到室外，映入眼簾的，是一整片紫藤花叢。

昏黃的光線照耀著無數花架，爬藤蔓延其上，並垂下淡紫色的花簇，迎風搖曳的景象本該頗為美觀，但看在葛瑞絲眼裡，卻完全不是那回事。

不知是不是先前看的那些雕塑與圖案的影響，現在這些花海看上去就像無數觸肢從上方伸下、搖擺著汙穢的韻律。

於視野裡扭曲的景色，位於其中一角，她發現了人影。

「霍華……伯伯？」

那個老人就站在那裡，全身一絲不掛，露出滿是皺紋的皮膚。他手中拿著一段繩索，嘴角誇張地揚起、雙瞳綻出野獸般的目光。

「你找到我了，」他朝葛瑞絲逼近：「現在該換我了。」

葛瑞絲往後退了幾步，隨後無可抑制地——

「啊————！」

發出尖叫。

她下意識地退回屋裡，對方追上，內心慌亂的葛瑞絲只剩下跑的本能。

但無論葛瑞絲怎麼跑，亞伯特・費雪所做的事都只有一件——把能看見的門都鎖上。

葛瑞絲逃不出去，只能如逃離火災般，拚命往樓上跑。最終她被逼到了閣樓，葛瑞絲猛力捶打閣樓的窗戶，但小孩的力量顯然無法將其破開。

「噫！」如被燙到般地驚叫，她聽見了聲音。

「嘎……」

「嘎……」

「嘎……」

沉重的腳步聲，伴隨階梯木板被壓彎的聲響傳上，葛瑞絲把自己縮到牆角，瑟瑟發抖著。

過了一會，老人猙獰的臉從入口升起，接著是脖子、肩膀、胸腹、胯部、大腿、小腿、腳踝，他整個人進入了閣樓，低矮的天花板使他彎著腰站立，像個拉長手臂的怪物。

不要——葛瑞絲腦中充斥恐懼的話語，她在地上摸到了東西，於是下意識把它朝對方丟去。

那是一本無法形容封面顏色的書。它直接砸到亞伯特・費雪臉上，然後直直掉落。

「呀！」但在丟出去的時候，她的手指也被銳利的書頁劃傷，一串血珠灑落，在看見對方愈顯興奮的表情時，那種恐懼、與指尖的刺痛感令她不禁尖叫。

「我遺失的收藏？原來是到這裡了。」亞伯特．費雪毫不在乎地搖頭，撿起落在地上的書本，輕輕拍落封面的灰塵：「讓我給妳唸一段故事。」

他打開書本、盯著書頁，開啟雙脣，難以形容的囈語從他喉嚨裡發出。

一切都崩潰了。

小女孩的理智瞬間潰堤，她的大腦變成一團糨糊，身在其中的艾德意識於翻騰的恐懼中掙扎、墜落。畫面開始崩解成無數彩線，繁複糾結的一切使他的意識模糊。

「ifsjjoeagp'kiwah　igdijrpoeakosiG　gjsjiiwjekwpi」

僅剩下如歌謠般的囈語、還有駭人的畫面與痛楚縈繞。

一個扭曲的男人，走著扭曲的步伐♪
拿著扭曲的繩段，逼向扭曲的脖頸♪
繩索扭曲地絞緊，發出扭曲的脆響♪
走下扭曲的階梯，抓住扭曲的繩索♪
帶著扭曲的笑容，拖著扭曲的女孩♪
舉起扭曲的菜刀，產出扭曲的肉塊♪
把它們放進歪歪扭扭的焰光♪

歪歪扭扭的料理，進了歪歪扭扭的大嘴♪

這一切都發生在歪歪扭扭的大屋裡♪

艾德睜開眼，從沙發上坐起，在經歷了葛瑞絲所經歷的一切後，他感覺置身於比地獄更深沉的黑暗中。

他在流淚。

近五十歲的男人，現在只想像個孩子般大哭。他以手掩面、低下頭，於無人處掩飾抽泣。

葛瑞絲那樣的孩子，不該遭遇那些，永遠不該！

那本書，也許就是那本書讓自己看見、並經歷了那些，艾德有一種模糊的感覺、想立刻把那本書撕碎燒掉的衝動。

但現在，他想阻止的事都已發生。

龐大的無力感幾乎將他壓垮，可一想起葛瑞絲曾經的笑臉，他就無法放棄生存。

持續加劇的幻覺裡，他只能從葛瑞絲的笑臉上找到安寧。葛瑞絲伸出小小的手，叫喚著：

「艾德哥哥。」眼前出現那樣的景象，就算是幻覺，他也只能毫無抵抗地沉溺進去。

艾德伸出手，撫摸著空氣，不時發出低沉的笑聲。

「呵呵……呵……」

他感到幸福。

「!?」忽然抬頭，在眼角餘光裡，他看見了不該存在的事物。

那是占據整座牆面的巨口，那形象來自亞伯特．費雪。

葛瑞絲的幻象消失，難以抑制的憤怒湧上，艾德站起，揍了那大鼻子一拳，用腳踹向他的門牙，只見血絲自齒縫間流下，將地面染紅。

老人的笑聲響起，血沫飛濺。

聽著那笑聲，艾德腦裡只有憤怒。

「你怎麼敢!!

你怎麼能！

你怎麼能！

對那樣的女孩……

做出那樣的事情！！！」

「哈哈哈哈哈——」依然是老人愉快的笑聲，那張巨口開闔：「那可不是我做的。」

「你是亞伯特．費雪。」

「或許是，或許不是，我可能只是你的幻想。」

「幻想？」艾德狠狠咬牙：「我可不記得我見過你這種東西、那個殺人狂甚至不配出現在任何人的幻覺裡！你是怎麼出現的？你是什麼東西？」

「……」
「看到那本書了嗎？」對方說，語氣變得極為平靜。
「那又是什麼？」艾德點頭，又大力搖頭：「我一定是瘋了，才會像這樣和你說話。」
「別這麼說，你現在可比誰都清醒——那書就只是一本書而已，重要的是讀者——換個問法，你認為那小女孩為什麼會做出這些事？」
「只是不忿而已，」艾德篤定地回答：「那不是可以被控制的，就像做了噩夢，然後把床單踢得亂七八糟一樣，

『一個人有多難過，對周圍造成的傷害就有多大』

她遭受了比地獄還殘酷的事情，
於是這裡成了地獄，
多麼理所當然。」
「而你現在也身在地獄，你打算怎麼做？」
「你希望我怎麼做?在看到那些之後……」
「不用想這麼多，」巨口頓了頓，嘴角扭曲地上揚，語氣卻依然如死人般平穩：「你可以當作是惡劣的好奇心。」
「惡劣的……」艾德嘖了一聲，挺胸與之相對：「我不知道你、那本書是什麼東西，一些邪

教信仰的對象？他們的寶物？不管是惡魔還是什麼東西都好，我不在乎也不接受，我的重點只有一個……」

「是什麼？」

「我會站在葛瑞絲這邊。」他說著，並揪住對方的鬍子。

「即使死了這麼多人？」一陣沉默過後，牆上巨口甩開艾德的手，再次出聲。艾德首次在其中聽出名為「疑惑」的情緒。

「是的。」

「即使她讓一切變成現在這樣？」

「是的。」

「為什麼？」

「畢竟，」艾德說道：「如果連一個孩子的哭鬧都承受不了、還要與她對抗，那也太過分了。」

玖章　那些死者

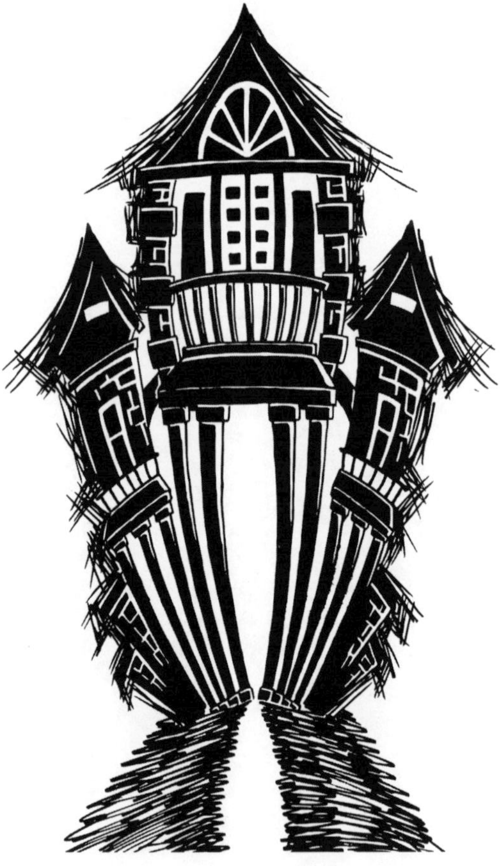

艾德喘著氣，真正地從睡夢中驚醒，再次面對這毫無生氣的早晨。

刮鬍子、刷牙、洗臉，重複著以往每一天所做的事，艾德抬頭，與自身的鏡像四目相對。而鏡像開始扭曲，他彷彿看見葛瑞絲就在自己身後，雙手環抱自己的脖子，邊露出險惡的笑容、發出精靈般的笑聲。

無所謂，只要那是笑容就好。艾德往臉上潑水，緊緊閉眼把水分壓出眼眶，再睜眼時，一切又歸於死寂。

看見了葛瑞絲的過去、與惡劣的幻影說話後，現在艾德知道自己該怎麼做。

胸口就像有一團火在燃燒。熱血在體內沸騰，於血管內奔流著不祥的意識，他走出休息室，於迷亂的空間左拐右彎，然後他走到一間辦公室前。

打開門，一個壯碩的身影出現於眼前，他一如往常地在座位上擦拭槍枝、細心地清理膛線。光頭與粗獷的絡腮鬍，臉上掛著殘破墨鏡，四肢健全，乍看之下就是個普通的大老粗。

可是他已經死了，和所有人一樣。

胖韋伯——幾十年間都與槍枝相伴，同時也是艾德的同事兼友人、聽聞他到過真正的戰場，在那也同樣是做著武器管理的工作。而作為這樣一位盡職的男人，現在得到的回報也只有額頭上的血洞。

他到底是怎麼變成這樣的？

在不知名的力量下，舉槍朝向自己，隨即轉變為活動的屍體。在腦中想像著事情發生的畫面，艾德愈加感到悲嘆。

「給我一把槍，」艾德說：「威力要夠，記得配上彈藥。」

「……」

儘管外表看來非常完整，但他現在也只是如機械般，遵循生前的習慣、與「款待」原則活動的屍體罷了。

所以胖韋伯拉出抽屜，將一把手槍遞給艾德。

魯格Super Redhawk，它擁有罕見的短槍管設計、比大多數重火力手槍要多一發的六發式彈巢，與足以發射.480彈頭的巨大口徑，這個怪物只需一發就足以奪走大多數猛獸的生命。

這怎麼看都是胖韋伯藏的私貨，艾德在看到這東西的瞬間，心中不由得對他「盡職」的評價做出修正。

但他拿出的子彈倒是警界常用的空尖彈，這種經過特殊設計的彈頭在射入人體後會整片炸開，在犧牲貫穿力的同時，卻也大大提升了它的淺層殺傷能力，能確保讓犯人瞬間失去抵抗能力。

無論如何，似乎是知道艾德的喜好，這又是一把左輪手槍；但與艾德自己的配槍不同，它甚至不是警用槍枝，無論是握把還是威力都大過頭了，足以獵殺猛獸的手槍，這對任何個人來說都是過度的殺傷力。
但對死人來說又是如何呢？
抓起胖韋伯放在桌上的盒裝子彈，熟練地將它們一枚枚填入彈巢，將它扣回並拉動擊錘，再把槍口抵向胖韋伯的眉心。
而此時的胖韋伯仍無動於衷，只是繼續重複著拆解槍枝、清理並裝回的動作。
艾德扣下扳機——
「碰」地巨響，伴隨短槍管特有的兇猛火舌從槍口竄出，胖韋伯的頭部如西瓜般爆裂開來。他原本就有一道槍孔的頭部被直接轟爛，僅剩殘缺的下顎與垂在一旁的殘破舌頭。
如果不是能讓頭整顆爆開的威力，胖韋伯通常會稱之為「娘娘槍」，這樣一想，或許眼前的姿態更適合他吧？艾德想道。
.480口徑的巨大威力讓血液與腦漿飛散於整片空間，此時胖韋伯掏出一條絲巾，仔細地擦拭沾黏在槍上的、自己的髓液。
這樣還是不行嗎？艾德又多開了幾槍，巨大的連續後座力讓他整條手臂備感痠痛。而這時胖韋伯除了身軀變得更加殘破不堪外，並沒有任何反應。
眼前的屍體，只要雙手還在，就會無止盡地、如往常一般整備著槍械吧？
胸腔爆裂、脊柱露出、缺了一半的腰間露出稀爛的內臟，此時胖韋伯以老練的手法、在不汙染到槍體的前提下繼續重組槍枝。
於是艾德又問：「有沒有什麼能燒起來的東西？」
「……」
明明沒有耳朵，胖韋伯卻還是停下手邊的動作，搖搖晃晃地站起，走到牆角的文件櫃邊，在這歪曲的空間中，它是完全橫倒下來的，所以胖韋伯只能蹲下並試圖將它拉往另一邊。
可目前身體毀損嚴重的胖韋伯並不具備移動如此重物的能力，在用力的同時身上就發出一連串的啪喀聲，艾德還看見了幾條肌纖維斷裂的過程。
幫忙挪開那個櫃子，一個隱藏的階梯露出。
「這是？」帶著驚訝的目光跟胖韋伯爬入洞口，在踏進的瞬間主觀的重力回歸正常，兩人就這麼往下走，最終抵達一間密室。
艾德在當初接任警長時有在內部文獻上看過，這裡似乎是上個年代使用的舊武器庫，不過入口應該在廢棄的同時就用水泥填掉了才對。
聽見開關打開的聲響，整個空間明亮了起來。
這裡是自小鎮陷入地獄以來，艾德看過最正常的空間了。
沒有分不清方向的擺設，無論是改變前後，這裡的模樣都不會有太大差別，有的只是四四方方的空間，與牆壁上滿滿掛著的各類武器。

火槍手槍步槍衝鋒槍卡賓槍機槍散彈槍獵槍狙擊槍，迫擊砲手砲迷你機砲掌心雷火箭筒手榴彈地雷榴彈槍，黑火藥黃火藥塑性炸藥燃燒瓶……無論舊式到新型、輕武裝到重火力，各種原理的槍械與爆裂物幾乎都能找到，而此時愛德的目光聚焦到了其中一樣器具。

金屬支架上連著兩個鐵桶，外接一條軟管，其末端則是與槍械類似的握把與噴口。

艾德認不出型號，但這很明顯是一具火焰噴射器。

為什麼警局裡會有這種東西？重火力手槍也好、眼前的東西也好，但看看這滿房間的收藏，他到底要濫用職權到什麼地步？

「最危險的地方就是最安全的地方」竟然把這些藏品放在警局，想到這裡，艾德也不禁佩服起這位老同事。

「得先測試一下。」艾德喃喃道，與胖韋伯走到戶外沒有植披的地方。他背上燃料桶，一手牽著軟管尾端、一手扣上扳機，在按下去的同時，噴口便竄出兇猛的火柱，烈火焚燒著射線上的一切。

確定它能正常運作後，艾德便將噴口轉向胖韋伯。

再度扣下扳機，幾百上千度的烈焰，剎那間湧向他全身上下。

這不是燒人類的感覺。

沒有掙扎、沒有嚎叫，眼前的就只是一團毫無知覺的肉塊，作為燃燒物，他和木炭沒有任何區別，就只是呆立在那裡，任憑熊熊大火於身上燃燒。

完全沒有本來該有的、犯下罪惡的實感。宛如一腳踏空的不適感，讓艾德感到異常反胃。但他今日還沒有吃過東西，所以只嘔出了幾口酸水。厭惡地咋舌，艾德把目光放回胖韋伯燃燒中的屍體。

因為是屍體的關係，他的燃燒過程異常激烈，那旺盛的火焰，即使艾德的手指已離開扳機，也沒有絲毫要停下的意思。

皮膚碳化崩裂，露出鮮紅的肌肉組織；火焰點燃肌肉，露出糊爛的內臟；內臟掉落並在高溫下沸騰、崩解，露出潔白的骨頭；骨頭燃燒灰化，最終整具屍體化為散發高溫餘熱的木炭。

而艾德只是板著臉，靜靜地觀看這一過程。

隨後異相發生了。

「嗚——嗚——嗚——

嗚——」

厚重而連綿的地鳴聲，彷彿有什麼東西在隔空哭叫，自地底升上的氣流，僅於胖韋伯殘骸周遭的區域形成強風，將碳化的屍體吹垮攪碎、就這麼帶上天際。

此刻屍灰像是有了實體，灰黑的痕跡自地表拖到空中，形成一條細長的倒椎狀煙霧，而在那末端則高高掛著一張扭曲的人臉。

那是胖韋伯的臉。
這個景象就這麼定格了，墨畫般的形象固定於空中，留下屍灰煙霧、與焰光構成的塑像。
看那痛苦扭曲的面孔，艾德從一開始就知道了，這根本不是什麼解脫。
對誰都不是。
只是，他覺得自己有必要這麼做。
死人不能再死第二次，但通過這種行為、做著與葛瑞絲相同的事，艾德心裡漸漸生出一種安全感，那是與重視之人產生連結的感覺。
他能體會到葛瑞絲的心情。
啊啊，她就是過著這種生活嗎？
接受遺骸的款待，對一人抱有執著，摧毀周圍的事物。
在這個過程裡，她肯定也是看著和眼前相似的景象，無數次地自問「我到底做了什麼」吧？
但是還不夠。
和葛瑞絲站在同一邊，去理解她的感受。艾德決定把這行徑繼續執行下去。
於是艾德走進最近的大屋，在其後院看見了那樣的畫面——
父母親的屍體、孩童的屍體，狗的屍體在這片草坪上嬉戲，那是非常非常非常——愉快又幸福的家庭殘像。

「砰砰砰砰砰！！！」

艾德拔出手槍，將他們的軀體完全毀損，隨即扣下另一手的扳機，火柱噴湧而出。最終呈現在那的，是懸停於空中，一家人扭曲的煙霧塑像。

走回大街上，踏著緩慢而堅定的步伐，一手持槍一手端著火焰噴射器，見到屍體就開槍、就燒毀，踹開大屋的後門，把裡面的存在打成蜂窩，並讓火舌吞噬一切。

很快地，天色變暗，小鎮裡一整條街的模樣都發生了變化。

大屋依然是不可毀損的大屋，但是那天空，已升起了無數象徵痛楚的臉孔。猶如行道樹般分布於整條街，有著人臉的、屍灰構成的煙霧。那些不停款待著生者的屍體，經過艾德的手，以另一種更為悽慘的模樣，成為這地獄場景的一部分。

深夜裡，艾德行走著，成為了葛瑞絲的共犯。

瑞許，痛失愛子的傷痛讓他一度成為行屍走肉，但他骨子裡，仍是那個有著強韌精神的男人，縱使如今體型已不復以往健壯，但離開了那本書的惡劣影響、還有艾德給予的「希望」，經過半個月的療養，他的理智已基本恢復正常。

可湯姆的事還有小鎮的現況仍對他的精神造成巨大創傷，至少一個正常的人，絕不會若無其事地接受屍體們的「款待」。

「孩子，妳現在感覺怎麼樣了？」伸出手，撥了撥潔西卡的劉海，想到不久前自己也是像她這個樣子，瑞許的心情之複雜，已到了能直接表現在臉上的程度。

才長回了一些肉的、骷髏似的消瘦臉面上，浮現似哭似笑的表情，眼神又帶有些憐憫，那是對有類似經歷之人的垂憐。

潔西卡，聽艾德說她也才二十歲，想必是在這場災難中，遭遇了比自己所遭遇的相當、或更加殘酷的，與親人無比痛苦的離別，才會變成現在這副模樣吧？

如果是以往的話，潔西卡肯定還是會毫無反應地蹲坐在那，不過經瑞許剛才的問候，他發現她的頭微微地左右搖晃了兩下。

只是微乎其微的動態，但多日來的溝通無果，對照此時的一點變化，仍讓瑞許心中升起一絲暖意。

她是慰藉。

作為少數的活人，在這死寂之地相憐的存在。

「艾德他跟我說，我還能見到湯姆——他應該已經死了，但我還是能見到他，妳知道這代表什麼嗎？」瑞許蹲下，緊緊抓住潔西卡的肩膀，激動地搖晃著：「妳還能見到妳最重要的人啊！」

此時腳步聲響起，瑞許透過房門上部的毛玻璃看見外頭屍體的黑影，他曾想湯姆會不會也變成了活動的屍體。

但這個重要嗎？

連兒子的「最後一面」都來不及見的他，根本沒指望那麼多。哪怕看見的只是一具死屍，只要能再看到兒子的臉就好了。而他相信潔西卡也有同樣的想法。

同時潔西卡終於出聲：「可以再見到……媽媽嗎？」非常細微，彷彿玻璃從內部開裂的脆弱語音，瑞許卻聽得一清二楚：「當然！我們一起去找他們，好嗎？」

「但是媽媽她，是我……是我！」潔西卡的情緒變得不穩定起來，瑞許連忙嘗試安撫，此時門外又是一道黑影走過。

「砰！」

巨大的槍聲，伴隨物體燃燒的劈啪聲響起，瑞許撐起乾瘦的身體，開門並往外頭看。站在那裡的，是艾德。

他直挺挺地佇立著，面前躺著一句無頭屍骸，它焦糊的腦漿黏在牆上、地上，同時火焰還在繼續燃燒，瑞許目睹了它從屍骸變成焦屍、再到灰燼的過程。

而在那閃爍的焰光中，艾德緩緩轉過身來，對瑞許露出笑容。

「呦！」

「轟」地，火焰發生最後一次閃燃，屍灰塑像升起，緊貼在艾德背後。

「……」瑞許呆立著，睜大眼睛，凝視眼前的光景。

他從來沒見過，老友如此清爽的表情。

拾章　那個少年

潔西卡做了一場夢。

很長很長，彷彿溺水窒息般，於腦海中縈繞著壓迫感，深藍色的、封閉凝結的長夢。

又是那座大屋。

樓梯、支柱、迴廊，種種結構穿插交錯，在逆光照耀下形成蛛網般的黑影，在那裡，死寂而灰暗的角落，潔西卡遇見了一個人。

——一個死人。

那是與自己年齡相仿的少年，穿著和那晚派對上相同的服裝，揮著手慢步接近。

青白的臉孔佈滿咬痕，血跡從袖口滲出，臉上掛著無奈表情的他，似乎是查覺到潔西卡內心的恐慌，於是站定腳步。

然後開口道：「潔西卡。」

「你是……湯姆？這是真的嗎？」

他的聲音乾枯且低沉，卻還能聽出他生前的親切感：「那不重要，潔西卡，至少我們又見面了，不是嗎？」

「我怎麼會在這裡？你現在這模樣又是怎麼回事？是、是葛瑞絲做的嗎？我、我……對了！媽媽……」現在潔西卡的精神還非常不穩定，只要一點點衝擊，就可能導致無可挽回的惡果。

「噓，」於是湯姆就走到潔西卡面前，臉貼著臉，他以食指往唇邊比了個手勢：「我知道妳有很多事情想問，但現在我希望妳能陪我走走。」

同那時帶著潔西卡上快艇般，自然而然地牽住她的手，湯姆道：「我們可以邊走邊聊。」

死人帶著行屍走肉般的活人，繼續往這噩夢之屋的內部行進。

「你為什麼……還能像這樣和我說話？」

「很不可思議嗎？」

潔西卡點頭：「明明已經是屍體了。」

「我就是屍體呢，」異常生動的哀傷表現於他蒼白的臉上：「我們是直接款待她的，可以思考、可以說話，只因為她就在這棟大屋裡。」

「你是說葛瑞絲？」

「是的。」

潔西卡露出複雜的表情，對於那個小女孩，她一直都不知道該抱持何種態度。甚至於現在，光是提起那個名字就讓她頭痛欲裂。

「沒事吧？」湯姆用手觸碰她的額頭，關心地說：「有些事妳可以不用去想，沒關係的。」

非常冰冷，還帶有屍臭與血腥味。潔西卡看著湯姆的臉，微微皺起眉頭：「我是在噩夢裡嗎？」

「也可能是款待呢。」湯姆僵硬地聳肩。

「……」潔西卡默不作聲，只是四處看看，這個瘋狂的大屋，至今到底容納了多少像湯姆這樣的死人？

「像你這樣的還有多少人？」她擔心地問：「我會碰上其他人嗎？」

湯姆搖頭：「你現在能看到的只有我。」

「為什麼？」

「因為是我找妳來的。」

「你找我？做什麼？」

潔西卡還不及追問，湯姆就忽然把她推到一邊的陰影下。

「⁉」被嚇了一跳的她正想出聲，就聽見某人的腳步聲緩緩靠近，而在探出頭、目睹其身影的瞬間，喉嚨就像被鎖死了，她連忙摀住嘴巴並躲回陰影中。

「噠、噠、噠、噠、噠、噠、」

輕巧的腳步聲在廊道迴盪，來人金色的長髮與蒼白的皮膚，在這充滿微塵的幽光下，覆蓋著靛藍的陰影。那小小的身軀走近，彷彿幾個世紀都不曾入睡的、病態的眼直盯著湯姆：「湯姆大哥哥？這麼晚了，你還在做什麼？」

「我睡不著。」

「你當然睡不著——死人怎麼睡得著呢？我也是一樣，」以輕盈的語氣，小女孩訴說著理所當然的事情：「不得安息者自然無法安眠。」

「葛瑞絲……」

「叫我屋主！」

「屋主，請問妳找我，還有什麼事情嗎？」

葛瑞絲搖頭：「我以為這只是在同一棟屋子裡，美好的偶遇。」

「不過既然都遇到了，我也有事情想問你。」她又道。

「什麼？」

一陣短暫的沉默，似乎在醞釀著什麼，直到她開口的瞬間，屋內都呈現一種寂靜的氛圍。

「你現在感覺怎麼樣？習慣這裡了嗎？」

傳入湯姆耳中的，僅僅是這麼一個問句。

她在關心自己。接受現實之後，湯姆也無法對其升起恨意，對這小女孩生出諸如仇恨、憤怒之類的負面情緒，本身就是褻瀆般的行為。

就像詛咒一樣。

不能被憎恨、不能被厭惡，葛瑞絲就宛如被浸泡在溫柔糖酒中的危險蛇類。

也只能接受了，被她支配的事實——被變成異常的活屍、身處這異常之地、做著異常的事情，當一切都化為異常，那也僅僅只是「正常」而已。在如此情況下，即使是鋼鐵般的意志也會被輕易地耗磨殆盡。

從最初的驚惶，到如今的平靜對話，也只花了一個多月。

「沒有，但快了，」他搖頭：「為什麼我會被困在這裡呢？我只是想回家而已。」

「對不起。」

「妳用不著道歉，」湯姆立刻回答：「妳也很可憐……」

「所以我就能被原諒嗎？大家都很可憐！」葛瑞絲忽然拉高聲線：「聽好囉，我喜歡大家對我付出關愛、也歡迎每一位新同伴，但這不代表你們得原諒我。」

「不，每個人都會款待妳、和妳在乎的人，這是我們自願的，」湯姆蹲下，輕撫她的頭頂：「無法被憎恨的屋主，妳真的很可憐，但我相信總有一天，妳會得到妳應得的。」

「……」葛瑞絲再次沉默。

過了幾秒，一連串的咕嚕聲忽然從牆上傳出，磚造的牆面如泥水般翻動滾沸，僅有下半部的巨大臉面浮現出來。

「有什麼事嗎？」葛瑞絲問。

牆上的巨口發出聲音，那是蒼老低沉的男聲：「我聞到了，這裡有可口的鮮肉，啊——多麼美味。」

他巨大的鼻頭一抽一抽地動：「就在附近。」

此時湯姆大驚失色，他知道這個食人魔絕對不會放過潔西卡，於是先一步跑到她藏身的陰影處，一把將她拉出並往走道對向衝去：「快走！」

被轉正的大屋，如今後門已被掩埋在土坡之中，正門也是處於被封鎖的狀態，本是無法逃出的。

但是湯姆知道該怎麼做。

於混亂扭曲的空間內奔走，亞伯特．費雪的巨口緊貼著牆面滑行，以異常的速度跟在二人身後。

自後方席捲而來的惡臭、老人粗重的喘息，牆面翻滾的聲音將潔西卡的精神逼到極限。一路上尖叫奔逃，湯姆也沒有時間安撫她，只是緊抓其手臂以防她在恐懼下崩潰亂跑。

轉過彎，在天花板上跳躍、抓著吊燈擺盪，在這摺疊歪曲的大屋裡，認路本是非常困難的事情，但這對已是「住民」的湯姆並不構成問題。

「就是這裡！」

二人停下腳步，眼前的景象讓潔西卡感到些許熟悉——她來過一次。

這裡是艾德大屋的後門、也是原本的正門。

但現在它已被掩埋在土坡中，擁有實體的人類是不可能穿過的。

潔西卡奮力敲門，但它卻絲紋不動。

怎麼會？明明沒有鎖上的。聽見背後傳來恐怖老人興奮的喘息，她的思考能力急遽下降。

「可以的。」此時湯姆開口，那聲音轉瞬間拉回潔西卡的意識。

「沒問題的！」

聞聲抬頭，迎向湯姆篤定的眼神，潔西卡摒住了呼吸。只見湯姆說道：「畢竟……這就是一場噩夢啊。」

「什麼……啊！」

只見湯姆用力推了她一把，她驚叫一聲並撞在門上，但他還是在繼續推著，龐大的壓迫力似乎要擠碎她的骨頭。

什麼？

艱難地轉過頭，以不解的眼神看向湯姆，身體的劇痛讓她意識模糊，以至於迎面撲來的巨口都成為背景。

「對不起，但難受只是一下而已。」湯姆說著，而後加力。

「噗」地一聲，潔西卡整個人折彎變形，從兩頁門扇之間、僅僅不到1mm的縫隙間滑了出去。

她聞到濃重的泥土味、眼前是全然的漆黑，而在那深幽的暗處，卻有聲音穿透腦殼響起。

快來解放屋主，快來解放我們。

來自湯姆還有鎮裡人的重疊音，那是充滿期盼的呼喚。

也是她在失去意識前，最後聽見的話語。

睜開眼，完成視線從模糊到清晰的轉變，一名男性的身影映入潔西卡的眼簾。

瘦得像個骷髏，但大體上看起來還像個人類、至少是個活人。

對方忽然伸出雙臂搭住她的肩膀，並用力搖了好幾下，讓潔西卡又是一陣頭暈，只見對方大吼：

「妳還能見到妳最重要的人啊！」

明明只是從那虛弱胸腔發出的吼聲，卻還是讓她耳鳴大作，潔西卡的精神早已受不了半點刺激。

但是其內容，依然深深扎進她的腦海。

還能見到……重要的人？

「可以再見到……媽媽嗎？」

得去道歉。

和媽媽說對不起。

但是能被原諒嗎？
頭掉了下來。
屍身被焚燒殆盡。
遭遇了那些，她還會原諒自己嗎？
寒冷的情緒將潔西卡的思維凍結。
她真的，可以被原諒嗎？
媽媽……
媽媽……
無意識地讓話語從口中流瀉，男人似乎也被她說的話難住，此時隨著外頭傳來一陣槍響，他走了出去，潔西卡則把頭垂得更低了。
緊隨而來的，是一陣熱浪。
即使隔著厚厚的牆壁，也能清楚感覺到其中的熱量。
然後是外頭兩人細碎的對話聲，緊接著是沉重的腳步聲傳來。
「咚、咚、咚、咚、」
死盯著地面，隨陰影籠罩頭頂，她狹窄的視野裡出現了兩雙鞋。
抬頭，除了剛才的男人，她還看見了認識的警長先生。

潔西卡一時無法確定對方就是她熟悉的警長艾德，即使有著一樣的身材與五官，她卻仍無法將眼前的男人，與記憶中那個身影連結在一起。

他的表情！

只有這點潔西卡無法相信，艾德臉上的表情。

在這個汙穢死寂的小鎮、這擠滿亡者的小鎮、這個死者不得不為生者服務的小鎮，在這個活生生的地獄之中——

他在笑著。

以清爽無比的表情笑著。

在地獄裡，這難道不是惡魔的表情嗎？

「咚」

金屬撞擊地面的聲響，艾德將一支銀白色手槍，輕拋到潔西卡面前。

間章　那次相會

那是在距今一年多前的春季夜晚，葛瑞絲來到了這座小鎮。

她站在高處遠望風景——到了這個年代，即使是這種偏僻地帶也接上了電力，黑夜中燈光閃閃，就像消失的星光於地面重現。

而那棟容納著詛咒與祝福、款待與噩夢的大屋，也隨著她踏進這片土地，坐落在離湖最遠的郊外緩坡上。

最初會出現的、反轉的大屋並沒那麼大的影響力，只是每隔一段時間，它的投影就會出現在小鎮任何一處，隨即搜刮走附近的生命。

第一時間，葛瑞絲沒有選擇去傷害任何人，而是逕直往丘下小鎮跑去。

這個地方很不一樣。

她感覺得到！

她可能會在這裡迎來終點。

而這正是她夢寐以求的。

張開雙臂，模仿著飛機一路奔跑，身上寬大的外套隨風飄揚。葛瑞絲興奮極了，於無人的街上左拐右彎，帶著濃重的霧氣衝到湖畔。

她停下了腳步。

這裡是一座租船廠，幾艘快艇停靠在湖畔的木橋邊，哪怕經歷過幾十年漫長的遊盪，她也不記得有來過這類地方。

夜晚的湖面中央靜靜漫起霧氣，與葛瑞絲身後所帶的濃霧隔著一片水面相對，她對此感到莫名的悸動，看透霧氣直達湖心，她想在這個神祕而美麗的地方多待一段時間。

再來是船，像葛瑞絲這樣的孩子，總會對水上的交通工具充滿興趣，但現在停在木架橋邊的船都太小太舊了。

「沒有更新一點、漂亮一點的嗎？」

葛瑞絲不滿地嘟嘴，於附近晃蕩著，最終走到一座倉庫裡。

這裡的空間相當大，除了充當租船廠的零件倉庫外，還堆放著不少私人雜物。她左看右看，發現角落有一個蓋著帆布的大型物件。

翻開帆布，底下是一艘釣魚小艇，僅容兩人入座的船身上，畫著漂亮鮮明的藍白條紋，船後方的馬達看起來也是新品。

「太好了。」葛瑞絲滿意地看著小艇，打了個響指，船身開始顫動並產生位移，她打算就這樣把船移到湖裡。

可是小艇顫動時摩擦地面、與附近物件擦碰的動靜卻馬上引來了這裡的主人。

「誰在裡面!!」宏亮的男聲響起，對方一邊用棍棒敲打金屬支架一邊威嚇，走進倉庫深處，他卻沒發現任何異狀，除了那艘帆布被掀開的小艇。

「是風吹的嗎？」倉庫牆邊有一道通風口，男人認為是風把帆布掀了起來，上面的金屬扣件又擊打到其他東西：「我不是叫湯姆把它好好固定了嗎……這是什麼東西？」

透過眼角餘光，他看見了這裡多出來的物件。

那是一本書。

它敞開著書頁，靜靜地躺在地上。

又過了幾天，大屋已經開始在「吃人」了，葛瑞絲也從沒能搭上小艇的失落感中走出。剛下過雨的清晨，透過窗戶往外看，光線於潮濕的空氣中透射，形成天使降臨般的光束，葛瑞走出門，深深吸了口氣，往小鎮中她在意的方向漫步而行。

而在那裡、一處髒亂的公寓，她與他相遇了。

那是一名中年男人，身材還算健壯，只是那滿臉的鬍渣和頹喪的眼神，使其看起來就像個流浪漢。

「呃……」對方躺在沙發上，看見葛瑞絲時嚇了一跳：「孩子，妳是怎麼進來的？」

葛瑞絲把手指向敞開的門口。

忘記鎖門了嗎？

男人感到有些懊惱，她看著葛瑞絲，這麼一個孩子，本不該來找自己這個警長的，更何況是直接闖進家裡。

除非是關於事件？

艱難地轉動腦筋，酒精卻讓他對所有事情都只有模糊的印象。

「我是葛瑞絲，最近搬來山丘大屋的，」葛瑞絲看著他，露出憐憫的眼神：「你這樣可不行吻。」

她看過很多這樣的人，自暴自棄著，最終走向破滅。

可是他是特別的。葛瑞絲知道這點，他是可以解放自己的人。所以她不能讓眼前的男人這樣過下去。

葛瑞絲深吸了一口氣，又大口呼出，提振起精神。

而這在男人眼裡，卻成了無比的蔑視。

「妳這是什麼眼神？」被小孩子這樣看著，無法形容的羞恥讓他猛地站起，卻差點摔了一跤：「不要這樣看我！」

葛瑞絲聽話地轉頭，打量著這髒亂的房間，又把視線轉回他身上：「我有點事想和你說。」只是說說話也好，只是互相注視也好，哪怕只有一點點，她也想要去瞭解眼前的男人。

可以結束這一切的人，為什麼會是這個樣子？

然而對方卻無法理解她眼神的含意，只道：「妳是想問案件嗎？還是報案的？妳知道現在是我的私人時間嗎？」警長拿起酒瓶，將裡頭還剩一半的酒液咕嚕咕嚕地灌完：「私人時間——這就代表妳該明天再去警局報案！」

「你叫什麼名字？」

「你沒聽見我說的嗎？」

「你叫什麼名字？」

「妳……」

「你．叫．什．麼．名．字？」第三次，葛瑞絲加重了語氣。

面對她，後退了一步，男人回答：「我叫艾德。」

「艾德嗎？初次見面，我叫葛瑞絲。」

「那麼葛瑞絲，就讓我安靜一段時間，好嗎？」

「然後要繼續喝這個？」葛瑞絲用手指輕敲酒瓶，發出清脆的聲響。

「妳不會懂的！」

「懂什麼？」

「像是喝酒、像是躺著、像是把東西弄得一團糟！大人不這樣，有時是撐不下去的。」

簡直就像立場倒反了一樣。

「這我怎麼能不管!?」

孩子。

「就說小孩子是不會懂的！」

和大人。

那之間的界線已經模糊了，醉酒的警長與長年徘徊的小女孩，隔在他們之前的某種東西已開始破裂。

仍然意識不到眼前人的年齡問題，他只自顧自地說道：「我啊！可是警長，卻每天每天，都幹著一樣的事……我可不是為了做這些才當警察的啊，」又難看地癱坐在沙發上，名為艾德的中年男性從地上拾起酒瓶啜了一口，繼續失控地埋怨：「不是說想要有案件發生……但到現在，我到底做了什麼……」

對，自己到底做了什麼？艾德懊惱地想。

從剛進警署，到變成現在這副德性，中間漫長的記憶就像被挖掉一樣，怎麼也憶不清楚。

這不就是虛度光陰的證明嗎？

因為兒時看電影的印象，而對警察、尤其是警長這個職業抱持憧憬，一路拼命才坐到這個位置，但是當願景實現時候，只有枯燥的現實，在這二十年間如酸雨般，將最初的熱情腐蝕得一乾二淨。

「你就是在浪費生命，不是嗎？」葛瑞絲說：「你可是警長，你擁有寶貴的生命、也關係到他人的生命，怎麼能這樣糜爛下去。」

這樣的話語，明明已經聽過不知多少次了，但由這小女孩口中講出來，卻有莫名強大的說服力。

「難得都活到這年紀了，怎麼能這樣度過？」葛瑞絲繼續說著：「活著——這就很幸福了，不是嗎？為什麼要浪費它？」

「……」

艾德搖了搖頭。

不可思議地闖進來的、不可思議的女孩。

她就這樣將事實挖了出來，如此突然地、強迫般地讓他認識自己的現況。

實在是太丟臉了、羞愧得讓人感到生氣。但這個女孩，她的眼神與話語，都特別得不像單純的孩子。

太特別了——「特別」，這不就是他幾十年間所追求的嗎？艾德不禁細細審視著這個孩子。

從警以來這麼長時間，也不是第一次碰見怪事了，但現在他也不知道自己正從她身上期待著什麼。或許是酒精造成的情感過剩，艾德只覺得這孩子在這個時候、這個地點來到他身邊，一定有某種別樣的啟示。

她會給自己的生活帶來改變嗎？

放下酒瓶，艾德與葛瑞絲互相凝望。

這一次，他想起了自身的職責。

「那麼孩子，妳找我有什麼事？」他說：「只要是我能做到的。」

「沒問題的，艾德哥哥！」葛瑞絲露出了自她被殺害以來，最最燦爛的笑靨：「你一定可以解決一切。」

解決一切、有關她的一切。

那棟大屋與腐爛的存在。

這個身軀與殘忍的機制。

她會一直等著，陪伴在他身邊、真心誠意的款待，直到他成為地獄中的救主。

而這就是徬徨的女孩與警長，他們第一次相見的情況。

拾壹章　那扇後門

艾德溫和地解開她身上的綁帶與銬鍊，潔西卡隨即撿起地上的手槍：「我該怎麼做……」她垂著頭，脫力地問道，此時的她已脫離前一刻行屍走肉的狀態，但也更加不穩定。

頭好暈、想吐，全身都痛。她甚至有一種衝動，把槍口抵在自己頭上，然後轟爛這顆早就成糨糊的腦袋。

但潔西卡想到了母親。

她還在那裏照顧著葛瑞絲，她就在那棟駭人的大屋裡，以不得解脫的死者姿態，對那個可憐的小女孩奉獻愛心。

可憐的女孩，通過與湯姆共度的夢境、經過逃出那一瞬意識的擠壓交融，她知曉了葛瑞絲的過去。

葛瑞絲並不可憎，在每個接觸過她、並了解真相的人眼裡，她都是值得被全世界寬恕的存在——無論她做了什麼、無論她毀了多少美好的事物，這個屋主都會被款待，那簡直是如詛咒般的事物。

被監禁在名為款待的囚籠中，有意或無意地將周遭化為煉獄。

只有她是美好的。

只有她無論如何都能被原諒。

在那個位置上，葛瑞絲一定早就瘋了，她童話式的噩夢也同時將一切拉入瘋狂。

明明只是做了噩夢而已，但它已澈底侵蝕了小鎮，而且潔西卡也知道自己沒有能力讓她醒來。

她能做的只有去到那裡，乞求母親的原諒。

她把目光轉向愛德與瑞許，這兩個同樣失去一切的男人。

艾德，看著他堅定沉穩、還帶有清爽氣質的微笑，潔西卡與瑞許眼神一對上，便立馬有了共識——這個男人比他們瘋得還要澈底。

或許這是好事，她不知道，也無法想像事情還能再糟下去。

瘋掉的世界，需要瘋人來理解。

而艾德那令人不寒而慄的神態，就是他已經身在其中的證明。

完全的瘋狂，由瘋狂驅動的理智，讓潔西卡在他身上看到了一絲希望。

艾德走近，搭住潔西卡的肩膀：「我們去找葛瑞絲、妳的母親，當然還有……」他把目光轉向瑞許：「你兒子，時候已經到了，我們該準備去找他們了。」

那就像是要拜訪鄰居般的輕鬆語氣。

輕鬆，但並非什麼虛妄的自信，現在艾德的眼睛有點像葛瑞絲，那是在透徹理解那撕裂般的絕望後所產生的眼神。

潔西卡把槍提起，搖搖晃晃地站起來，又問：「我們該怎麼做？」

她不知道他到底經歷了什麼，唯一能肯定的，就是警長艾德是最瞭解問題源頭的人。

他解下背上的火焰放射器，放在地上並發出沉悶的「咚」聲，艾德舒了口長氣，它足足有70磅重：「我很累了，而且你們、尤其是妳，狀況都還很不好，我希望我們都能先休息一個晚上，明早八點在門口集合。」

他說完，便提著火焰放射器離開這個空蕩純白的房間，隨後瑞許也走了出去，僅剩潔西卡一人留著。

她看著腳邊散落的鐐銬與束帶，這裡是警署，有這些東西很正常，但她還是難以相信這些東西直到剛剛為止，都還是用在自己身上的。

從迷失到取回意識，這中間的跨度實在太大，讓她的腦子裡發脹得像氣球，隨時都要爆破似地。

是湯姆在幫助她，那個僅有一面之緣的大男孩。

卻不是媽媽。

還是不肯原諒我嗎？潔西卡關燈並抱頭攤坐下來，一晚的時間，她得好好想想該怎麼道歉。

早晨到來了。

警署大屋裡的屍體已經被艾德焚燒乾淨，那狀態下的它們並沒有款待能力，所以早餐是艾德親自下廚的，雖然混亂的廚具與食材擺放給他造成不小的麻煩，但他還是完成了。各盛在三個盤子裡的，是樸素的培根加煎蛋早餐。

這是在遇見葛瑞絲前，他唯一會做的食物。

很久沒有做了，但要失敗也很難，這也是頹廢的他當時會選擇做這道料理的原因。

一邊想念著葛瑞絲，一邊與潔西卡還有瑞許找了個地方入座，三人一聲不吭地吃完早餐，各自準備好行李，便踏出警署大屋門口。

這個早晨無疑是不討喜的。

濃霧依舊壟罩在每一棟噩夢般的大屋之上，街道角落的黑暗在霧中時隱時現，屍灰與餘燼組成的人像在天上無聲地哀嚎，這是連靈魂都能扭曲的景象。

如果地獄中有白天，那也不過如此吧。

街上還有少數未遭艾德破壞的屍體，於是他讓葛瑞絲開槍，然後由瑞許使用火焰噴射器焚燒。

即使只是臨時惡補，但既然他們想理解已是地獄一部分的家人，那自身也要成為這裡的一份子。

款待或噩夢。

無法作為死者款待生者，那就只好破壞屍體，成為這場噩夢的一部分了。

他們一邊做著這樣的事，一邊保持恆定的步伐，朝艾德與葛瑞絲的舊居前進。

那依然是坐落在緩坡上的大屋，只要想到葛瑞絲就在裡面，這棟大屋就有了與鎮中複製品完全不同的氛圍，而事實也是如此。艾德第一次意識到，這棟他住了一整年的房子，竟有如此可怖的存在感。

由最高的主棟與左右兩個副棟組成、腐朽不祥的大型建築，深灰色的磚牆、黑色尖頂，深棕的窗框與慘白的大門，與艾德當初追蹤那群青少年時看見的一般無二。

僅僅是轉了個方向，給人的印象就完全不同。這種極端的兩面性，或許也反映了屋主本人吧。

正門與後門。

噩夢與款待。

可愛純潔的孩子與她迎來的結局。

艾德推了推正門，它依舊絲紋不動，從正門走進去就是噩夢了，葛瑞絲可能也不想傷害他。

看起來雖是一副平靜的樣子，但當意識到現在葛瑞絲與他僅隔著一扇門時，艾德就快要發瘋。

正門無法進入，那就只有從後門了。

被深埋在地下的入口，能做的也只有以物理手段突破。

他從側背包裡拿出幾包磚紅色物體。

有些外側紙包裝已經破損，露出裡面土黃色的四方體塊狀物，看起來就像大塊黏土。它與艾德身上的武裝一樣，都來自胖韋伯的收藏。

帶有長長引信的軍用工程炸藥，原本艾德是想要用鏟子慢慢挖的，但用這東西絕對更有效率。

只要確定地點，挖一個洞，把它丟進去然後引爆，一瞬間就能排開掩蓋住後門的土石。

而現在的問題，只剩後門的確切位置了。

「我應該知道在哪。」潔西卡忽然說道。

「什麼？」

潔西卡沒有聽到艾德的疑問，她專心地在坡地上來回渡步，閉上眼睛，彷彿連呼吸都要停止般，將感覺全部投注於地面。

在那個噩夢中，她就是從後門逃出來的，過了一夜、從愈加接近這棟大屋時起，她就有種被招喚的感覺。

「解放我們。

救救我們。

去愛她。

去憎恨她。

去拯救她。」

不時出現陣陣耳鳴，言語從腦核滲出，他們在催促著、在渴望著，追尋著死者們的引導，潔西卡最終在一個地點停下腳步。

「就是這裡。」她解下背上的長鏟，鏟尖往腳下的地面插去。

只要挖出一個小坑就好，之後艾德帶來的炸藥會完成所有工作。

「妳怎麼知道是這裡？」艾德問道。

「我知道，他們在叫我。」潔西卡又挖了一鏟。

艾德還想繼續問下去，但這時瑞許出聲了：「往這裡挖下去，就能見到湯姆嗎？」

她回以一個肯定的眼神。

「好！」瑞許同樣解下鏟子，加入了挖掘的工作。

他應該已經很無力了，連火焰槍的燃料瓶都是用手拉車拖的，可一想到孩子，這頭只剩皮包骨的獅子又感覺渾身迸發著力量。

這種心情，在場三人都是一樣的。

所以他們再沒有懷疑，共同將心力集中在於潔西卡指出的地點。

「可以了，」在旁監工了一會，見小坑已到達合適的深度，艾德叫道：「準備爆破！」

簡直就像小時候看的電影一樣。

設置好炸藥與雷管，牽出引信，而後點燃。

「轟隆」地巨響，如地面上竄起雷霆，火光與熱氣滿溢至爆開，過了幾秒，他們再也無法忍耐，馬上從遮蔽處奔赴到炙熱的現場，即使被濺起的碎石割傷流血，艾德還是迫不及待地往下方坑洞一端望去。

但在那裡的並非後門，而是一張老人的巨口。

只有下半張臉，但艾德絕對不會忘記，那曾吞噬葛瑞絲的口腔。

「亞伯特・費雪!!」

艾德在看見對方的瞬間就怒吼出來，跳進坑裡並用鏟子往他的門牙揮去。只聽一聲沉沉的悶響，與鐵鏟撞擊的大門牙一點事也沒有，只讓他的牙齦多滲出了點血絲。

「砰！」他馬上拔出手槍射擊，巨響、火光與硝煙自槍口噴竄，Super Redhawk的.480擴張彈頭轟地在費雪的鼻樑上炸出一朵血花。他連續開了數槍，將本就只剩半張臉的費雪再削了一半，又馬上讓瑞許使用火焰噴射器灼燒其表面。

哪怕只是一顆牙齒、一塊皮屑、一根細毛，艾德都要將之毀壞至完全不成原形。

亞伯特・費雪，他身上任何有形的一部分，都不配留在這世上。

不停扣動扳機，直到手臂骨骼傳來彷彿開裂般的疼痛、直到那火焰自然熄滅為止，一切才平息下來。

在這樣的破壞下，還能存活的生物絕不存在。

「該死……」

但他們面對的，是葛瑞絲噩夢的源頭。

亞伯特・費雪被燒至焦糊的表皮，與被空尖彈扯爛的肌肉與骨骼紛紛崩塌灰化、而後消失，而在剩下的「乾淨」部分上，那些坑坑窪窪的破壞痕跡就宛如時間倒流一般，連冒起的煙都呈反向飄動——碎骨重歸完整、肌理重新架構，最後是表皮重新長好相連，他那駭人的笑容又出現在原本後門該在的位置。

即使是能將猛獸瞬間至死的重火力，也僅能起到發洩效果。

「可惡！」彈巢裡的六發已經打空，早就在記數的艾德立刻拿出準備好的換彈器，可就在子彈滑入倉輪的瞬間，一道聲音打斷了他的行動。

「歡迎你們的到來。」費雪說道，他那張巨口跟著露出紳士般的微笑。

「砰」艾德回過神來，馬上往他的下巴補了一槍。

但對方卻似根本不在意，只繼續說著：「屋主已經等待您很久了。」

「葛瑞絲嗎？」艾德深吸了一口氣，狠狠地瞪著對方，壓低聲音道：「那你就快讓開，我想我和她都禁不起更多等待了。」

「就是因為這樣，我才不能讓開，」費雪看見艾德又舉起手槍，只嗤笑了一聲，接著說：「好好想想吧，葛瑞絲真正在的地方。」

是在正門後的噩夢裡嗎？

是深陷於後門後的款待之中嗎？

是在大屋裡嗎？

是在家裡嗎？

是在地獄裡嗎？

……

……

他說了一連串彷彿歌謠謎語般的話句，艾德相信這個食人狂說出的每一句話都是受詛咒、汙穢且無意義的，彷彿他說的每一個字，都是在玷汙「語言」這個概念。

可是在第一時間，艾德就理解了。

「原來是這樣嗎……」他看著費雪無時無刻不在發出粗重喘息聲的巨口，泛黃染血的牙齒、掛著肌腱的牙齦、滿布疙瘩的巨舌，還有僅能從以上事物活動時夾縫窺見的、深邃且散發腐臭的漆黑口腔：「是這樣啊！哈哈——」

右掌啪地一聲掩住臉面，艾德乾枯的笑聲刮過身後兩人的耳膜，讓身後兩人都感到有些不適。

但艾德不在意，他關注的只有葛瑞絲而已，她真正的所在地、最終迎來的結局。

這根本不是什麼謎語，連半點思考成分都沒有，亞伯特．費雪只是直白地道出事實罷了。

當初與葛瑞絲一同生活的時光，她真的在那裡嗎？

葛瑞絲扭斷布朗女士脖子的時候，她真的在那裡嗎？

只要一瞬間就能理解，並對以上疑問做出否定的答覆。

葛瑞絲已經死了。

被眼前的費雪分割烤熟，然後送進了肚子裡。

艾德從背包裡拿出剩餘的炸藥，用電工膠帶綁成一大綑，點燃其中一個的引信，便丟進亞伯特．費雪張開的大嘴。

在那瞬間，艾德抬腿、由下而上踢向他的下巴，兩排巨齒在闔上時撞擊，發出「喀」地一聲，同時他口內的炸藥引信已燃至底端——

「轟隆」悶悶的爆響從不到一米處傳入耳中，煙霧與火光從費雪的鼻孔與牙縫竄出，巨大熱量與衝擊波隨即將他的牙齒與上下顎骨全數炸飛，血液與軟骨飛濺開來，皮膚連黏著燃燒的鬍鬚落在地上，而他的組織破片在爆炸的推力下，當然也波及到了艾德三人。

但他們只是站在原地，任板牙與骨渣劃破皮膚、承受加溫血液的灼熱，直到現場熱量消滅下來。

看著他破碎的組織呈放射狀飛散，部分腐敗的血液高高衝上天際，並過了數秒才返回地面，宛如下了一場血雨。

把費雪的下半張臉完全炸碎，最後顯露在三人眼前的，是一條蠕動的鮮紅色食道，它的開口與原本的後門入口完全重合，形成似要直通大屋深處的血肉迴廊。

艾德首先邁步，皮鞋踩在柔軟濕潤的肉壁上，發出黏糊的「啪噠」聲。

隨著他的前進與食道規律的蠕動，另外兩人也踏了進去。

惡臭與溫熱汙濁的氣息於周身徘迴，細微的聲響從剛剛踏進的入口傳出，亞伯特．費雪的巨口已經開始再生了，很快地，這條敞開的食道又被老人的下半張臉封閉起來。

當最後一道光線消逝在這條鮮紅的通道，在視野變成漆黑一片的前刻，老人詛咒般的笑聲遠遠地傳來。

艾德雙拳緊握，老鷹般的眼神直視前方無盡的黑暗。

而在那宛若無垠的盡頭，他看見了一點亮光。

無須再解釋什麼了。

葛瑞絲就在這條食道的開口、恐怖老者的腹中。

拾貳章　那對母女

蛋在斷崖之上孵著♪
孵著孵著掉下來了♪
就算聚集了國王所有的馬♪
就算聚集了國王所有的臣子♪
蛋也不能再恢復原來的樣子……

在那黑暗的血肉通道中，潔西卡聽見了呢喃般細小的歌聲，她不知道這歌謠代表著什麼，卻不由自主地循聲前行。

剛剛還在前頭的艾德與後頭的瑞許不知從何時就消失了，她孤身一人走向視野中浮現的通道盡頭，最終抵達那黯淡的亮光處。

但再黯淡的光源，與完全無光的通道一比對，還是會讓人感到刺眼，潔西卡一手擋在眼前，直到感官慢慢適應，她才移開手臂。

「這裡是……」

與不久前才剛脫身的警署休息室差不多，樸素單調，唯一的差別是，這裡還能感受到微微的生活氣息與無比的熟悉感。

對，是熟悉感，這是當然的了，潔西卡不至於認不出她從小到大，生活了二十年的空間。

這裡是她家。

房內只有四面牆壁，與單獨擺在那的小沙發、還有冬日用的小型壁掛式暖爐。光線就是從暖爐內發出的，並於牆面投射出兩道不同的長影——一道是屬於潔西卡的，而另一道呈現的卻非人類應有的樣貌，那是屬於畸形怪物的身影。

其正體是站在面前的「人」。

被烈火燒乾而致完全脫水的四肢，連在同樣乾癟的軀幹之上，而那脖頸上卻是空蕩蕩的，僅露出焦黑的橫斷面。

潔西卡的母親、布朗女士的頭部已經不是連在脖子上了，而是由她的右手托著，兩眼直直地瞪向這邊；那副面容與軀體不同，還維持著潔西卡印象中的美人樣貌，但也正因她頭與身體的狀態，這種對比出的強烈衝擊讓她一下跪在地上。

「媽媽……對不起……真的……」

就在斷頭的布朗女士面前，潔西卡「嗚哇」地哭了出來。想了整整一晚的道歉說辭，一瞬就被母親如今的身姿吹飛。只餘潰堤的眼淚與乾枯的「對不起」。

「對不起，」

她真的非常想念媽媽。

「對不起，」

如退回了幼兒時代，她低下頭、四肢著地，如嬰兒般爬到母親面前。

「對不起……」

想被她溫柔以待，即使是眼前枯朽的怪物模樣，她也想被母親摸著頭，接受一聲「辛苦妳了」。

「對不起……媽媽……對不起……」

「媽媽」和「對不起」，兩個詞彙就這樣在潔西卡口中無止盡地重複著，簡直就像壞軌的磁碟；而她爬向母親的動作，也同壞掉的玩具一樣僵硬且顫抖。

布朗女士終於有了動作，她緩緩蹲下，舉起手上的頭顱，與正抬起頭的潔西卡目光相對。

「潔西卡，」下方還吊著半截新鮮脊骨的頭顱，那雙眼已徹徹底底地死去，渙散而混濁：「妳來了。」

「媽媽，」潔西卡哀求：「妳能原諒我嗎？請妳……」

「不行！」

但這換來的，卻是嚴厲的喝斥。

這讓潔西卡的意識中斷了一會，現場迎來短暫的靜默，直到布朗女士忽然換了個語氣，她單手持頭，用左手食指點著膝蓋，說道：「其實根本沒有什麼原不原諒的，我應該反而要謝謝妳，潔西卡。」

「謝謝……我？」這是她從來沒有想到過的答覆，潔西卡的腦中只有疑問。

「對呀——潔西卡，真是謝謝妳！如果不是妳，我就不能像這樣和葛瑞絲在一起了，那個可憐的女孩，她需要我的母愛、我的照顧，你知道嗎？她真是太可憐、也太可愛了！」

她猛地站起，燒焦的身軀明明已經沒有呼吸的必要，她的胸口卻仍如過度換氣般震顫。一提到葛瑞絲，布朗女士只感覺到滿滿的幸福感。

高高舉起的雙手，其上的斷頭幾乎要碰到天花板，那從高處投射下的視線，讓潔西卡感受到實質般的重壓。

發瘋似地講述葛瑞絲惹人憐愛之處，布朗女士似乎根本不在意她到底做了什麼、又正做著什麼。在潔西卡看來，她僅是把滿溢而出的情緒，朝向「空無一人」處宣洩。

簡直就像，自己只是剛好跪在那裡而已。

但是身在此處，她竟也有點能理解母親的心情。

葛瑞絲，其真相只是個可憐的小女孩，她值得所有人的呵護、值得接受一切形式的款待——這正是祝福，同時也是詛咒本身。

但比起葛瑞絲，她更在意母親。

「媽媽，那、那我呢？」

潔西卡仍然跪坐著，她已經隱約知道答案了，但她的語氣仍在顫抖。

「怎麼了潔西卡？還有什麼事嗎？」

「妳真的不恨我嗎？」

「不用的，我會原諒妳的。」

「即使是我害死妳的？」

「那也沒關係。」

「即使妳頭斷了？」

「現在我可以比過去看得更高了，」她又把自己的斷頭高高舉起：「謝謝妳，潔西卡。」

「即使妳成了焦黑的屍體？」

「這的確是蠻過分的，」布朗太太頓了一下，隨即露出爽朗的笑容：「但這又有什麼好在意的呢？」

布朗太太的語氣毫不在乎，臉上反而是對現狀無比滿意的表情。潔西卡忍住想要嘔吐的衝動。

這真的……是自己的母親嗎？

愈加輕鬆的語氣，那代表她真的沒把這些事放在心上。即使這一切都是自己造成的。

彷彿除了葛瑞絲以外，這世上根本沒有值得她在乎的事物。

但自己可是親生女兒啊！

為什麼可以這樣？她是來道歉的，但當目睹了母親的態度，潔西卡心中的某塊已開始變質、潰爛。

這是「噩夢」、這一定是「噩夢」！經過食人魔的大嘴，其盡頭怎麼可能會是幸福的款待呢？如果不是噩夢，那母親怎麼可能會如此對待自己？潔西卡才發現，此刻自己渴望受到關懷的心情，早已超過了對母親的愧疚。

即使是在眼前這個面目全非的屍體面前，這種感覺依舊如此強烈。

好想被摸摸頭，躺在她的懷裡，就像小時候一樣。

曾經自己也是被疼愛的，曾經她與母親間是充滿歡笑的。潔西卡看著眼前活動著、說話著的屍體，已經講不出任何話來了，她的嘴巴一張一合，只剩無聲的哭號。

而當這種哭號被化為行動，其中只間隔了數秒的時間。

「砰」

槍聲響起。

她並不是艾德，潔西卡無法辨認槍枝型號和使用正確的握持手形，但在如此近的距離，即使基本沒練過槍法，也有足夠的概率命中目標。

「砰」

此刻時間流動好似變緩了般，銀白的槍身隨開火顫動，槍口噴出火光，子彈飛旋著穿透布朗女士焦糊的肌膚。

潔西卡仍是跪著的，她雙臂前伸，手指交扣著握持槍柄，如同在向布朗女士祈禱般。

後座力沒有想像中的大，她就這樣連開了數槍，有的子彈沒打中布朗女士，而是擊中一旁的壁掛式暖爐。蓋板破碎，裡頭的燃物落下，但這裡沒什麼能延燒的東西，只是那瞬間增大的火光，籠罩在布朗女士背後，就如光環般延展開來。

被親女兒害死也不怪罪，現在被開槍也不在意，一切行動只為葛瑞絲、一切話語都對向葛瑞絲。現在的她簡直就像個聖母。

但在潔西卡眼裡，這就是個由火光、硫味與畸形的屍體組成的聖像。

她根本流不出淚水，胸中僅剩風化白骨般乾燥的愛。

在這個充滿母性之愛的，屬於葛瑞絲與母親的空間。

潔西卡能做到的，只有把心情付諸於扣在扳機上的食指、並不停點動，以此對眼前的母親形象發出祈禱而已。

彈夾已經打空了，但潔西卡還是不停扣著扳機，只餘「喀喀」的空擊聲。

喀喀……

喀喀……

喀喀……

喀喀……

喀喀……

喀喀……

壁爐燃料流盡，於是此地沉於黑暗……

但是這聲音，仍然一直迴響著。

喀喀……

喀喀……

喀喀……

喀……

拾參章　那對父子

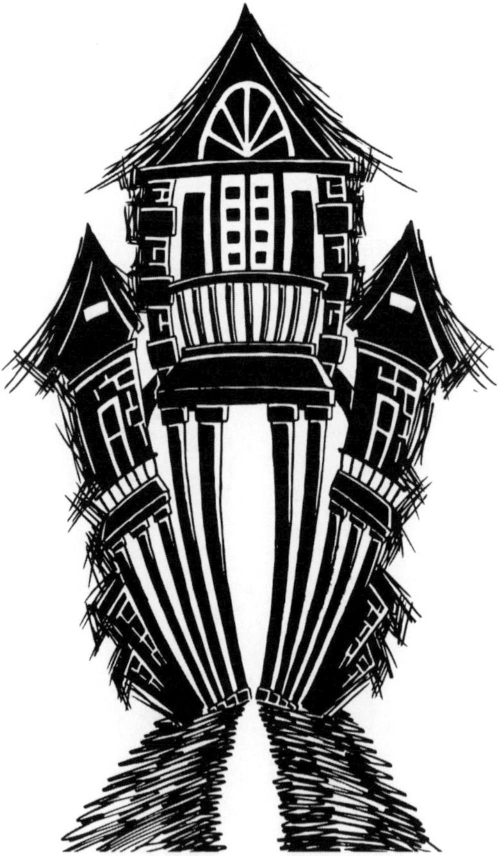

瑞許回到了他湖畔的租船廠。

從大屋後門的位置進入那食人魔的食道，走過長長的血肉迴廊，其盡頭的景象卻是他再熟悉不過的光景。

爺爺從曾祖父那繼承來的財產，父親從爺爺那繼承來的土地，他從父親那繼承來的租船廠，而這塊土地的產業之後也會經由他的兒子——湯姆之手來流傳下去。

這是個充滿家族記憶的場所。

已經沒有什麼好說的了。

這是款待。

這絕對是款待。瑞許睜大眼睛，凝視著眼前的景象，嘴角勾起幸福的弧線。

這百分之百、無庸置疑是「款待」，哪怕中間走過了惡臭黏糊的爛肉，但他終究是從後門位置進入的，那麼於前方等待著他的，一定也是與那份黑暗絕望相襯的、光明美麗的現實。

這是「款待」，要說為什麼的話，那理由只能有一個——

湯姆就在那裡。

背對著瑞許，面對著大湖，少年就在那裡吹風。湖面上已經沒有讓人發鬱的霧氣了，僅有閃爍粼光的水面、與湖畔碧綠的植披映入眼底，連往日吹得中老年人關節發痛的湖風，都盪著清新涼爽的氣息。

而在湖裡，小碼頭邊擺著一排電動小船，根據主要客戶們的需求，每個都有著不同的塗裝、呈現一副五顏六色的樣子，而相同的是它們的表面全都被清理得光潔如新，據他大半輩子都在做這行的眼光，其內裝也做了充分的保養。

「呦，」湯姆轉身，笑著面對瑞許：「爸，這些做得還行吧？」一邊拇指向背，往那些光亮的船隻比劃。

「還不錯，」瑞許看著湯姆青白的臉與手臂上滿布的咬痕、仍在滲出腐敗黑血的傷口，大步走上前：「但是……」

「你也太晚回來了！」

瑞許吼叫著，拋掉手中噴火器的槍頭、留下身後的燃料桶，一拳揍在湯姆臉上。

「碰」地輕響，他肌肉萎縮的手臂沒能帶來太多的衝擊，但湯姆還是一副吃痛的模樣，看著那隻手、還有父親與記憶中大相逕庭的身形，他道：「爸，你瘦了。」

「還不是因為你這渾小子！」

「以前你一拳可以把我打飛幾米呢。」

「信不信現在我就把你踢到湖裡去？」

一個形同骷髏的活人，與一具殘缺的屍體，兩者正嘻皮笑臉地互相叫罵著。他們簡直就像在話家常般，進行小家子氣的父子溝通。

親生兒子以活屍的狀態出現在眼前，瑞許並沒有哭泣。

過去健壯的父親以虛弱無比的姿態出現，湯姆也沒有感傷。

僅僅只是能再像這樣、在這個地方碰面，那剩餘的一切也都不重要了。

瑞許驕傲地看著自己的兒子。他的兒子，就算變成死屍也是活力充沛的！

既然如此，那自己這做父親怎麼能不表示一下呢？

看著已經是死者的湯姆、那滿布咬痕的面孔與手臂；相比之下，現在瑞許還能感覺到自己的心跳。他撇嘴，父子之間不該有這種隔閡。

「等我一下。」瑞許說道。

在湯姆疑惑的目光中，他回頭撿起火焰放射器的噴頭，並把槍口塞進口中。

「爸？」

嘴裡咬著噴口無法說話，面對湯姆的疑惑，瑞許只是挺著胸膛，另隻手伸出並豪快地豎起大拇指。

曾經健碩的軀體早已變得弱不禁風，但他仍有著雄獅般的魄力，而這裡早就已經瘋狂了，所以這份魄力也將肆無忌憚。

扣下扳機，高壓噴射的燃料被噴口的裝置點燃，上千度的烈焰從口腔竄入內部，因高溫瞬間沸騰的腦液讓兩邊的眼球也噴了出來。

瑞許的顱內在燃燒。

死亡的同時他扣住扳機的手指就鬆開了，千度高溫只持續了短短一瞬，僅留下被耗乾氧氣、焦糊的肺臟與被燒穿、從口腔內壁直通後腦的孔洞。

直到沾黏的燃料燒盡，最後佇立於那裡的，是一具頸部以上焦黑糊爛的成人屍體。

「呃……爸？」湯姆深深皺起眉頭，他印象中的父親總是這樣的，決斷又從不過問自己的意見。

但就是這樣的父親，才是他認識的父親。

屍體動了。

瑞許的屍體搖晃了一下，便邁開腳步，他走上前拍了拍湯姆的肩膀：「這樣就都一樣了吧？」

於是，另外一具屍體也動了，湯姆的眉頭舒展開來：「酷——！」

而後父子倆到屋裡打開冰箱，搬出一整箱生啤、到地窖拿出所有藏酒，瓶瓶罐罐擺得滿桌都是。

「來！乾了！」

「乾了！」湯姆一口氣灌下一瓶啤酒，混著碳酸的酒液從他臉上的咬痕破洞漏出。

「哈！你看看你，」瑞許取笑著湯姆，同時仰頭灌了整瓶威士忌，酒液從後腦的破洞溢出，在地上積成一大灘：「這根本喝不醉啊！」

「既然喝不醉……」

「那就喝更多吧！」瑞許接過湯姆的話，舉起酒瓶往自身只剩黑洞的右眼眶裡倒，充滿顱腔的酒液順著內部被燒穿的孔洞緩緩滴下。

「這就是字面意義上的『滿腦子酒』吧，」湯姆開玩笑似地說，同樣拿起一支酒瓶往父親的左眼眶裡灌：「敬我嗜酒的父親！」

「敬像我的兒子！」

再度各把一瓶烈酒一飲而盡，搖搖晃晃地砸碎好幾個酒瓶。屍體並不會喝醉，但生前的經驗卻將他們帶入這種錯覺。

「哈哈哈哈哈哈哈——」

「哈哈哈哈哈——噫哈——」

僅有兩個人的盛大派對仍在進行，他們喝酒狂歡著，把冰箱翻倒、將所有食物塞進嘴巴，不需要、也完全沒考慮事後的整理，就這麼把屋裡弄得一團亂。

再然後，他們丟下一片狼藉的屋子，到了外頭湖畔。

拉繩發動船外機，老手的瑞許招手讓湯姆上船，但湯姆搖頭，只見他直接搭上另一台小艇，同樣熟練地發動引擎。

「要比賽嗎？」瑞許問。

湯姆沒有回答，他踩下油門，小艇就這麼往前衝了出去。

「呀呼——」瑞許也不甘示弱地把踏板踩到底，他的船緊追於後，兩人隨即展開一場競逐。

說是競逐，湖上其實也沒有什麼既定的軌道、更沒有起點與終點，所以他們就只是在湖裡亂飆亂晃，偶爾接近偶爾拉開距離罷了。

大湖上飄滿兩人的笑聲，沒有輸贏、肆意的歡愉，僅僅只是在湖面上開船、加足馬力、於交會的瞬間互相挑釁，這就足以形成長久且快樂的循環。

開懷大笑，催油門按喇叭，兩人最終各來到了湖的兩端停下。

隔著遙遠的距離，在某種默契的催動下，他們又掉轉船頭，並將油門踏板踩到最底——

兩船的引擎轟鳴並相對著前進，共同以最高速度、彷彿要將湖對切般劃出筆直的波紋，而後互撞——

「碰」地撞擊、接著是水濺起的嘩啦聲，再來是電火花的劈啪聲與引擎爆響。兩船翻覆，湯姆與瑞許就這麼被衝擊高高拋起，而後被重力拉下水面，那又濺起了兩朵水花。

趴噠地入水，耳邊傳來咕嚕嚕的水聲，冰涼的湖水刺激著早已遲鈍的神經，同時也將他拉入奇妙的知覺。

時間流逝變得緩慢而清晰，在往下沉的那瞬間，湯姆似乎看見了，那時他與潔西卡一同乘坐的船劃過湖面，他看見了掌舵的自己、還看見潔西卡一隻手正於水面划著。於是湯姆笑了笑，伸出手去觸碰潔西卡的手指。

什麼嘛，根本就不恐怖嘛……

於兩方指尖交觸的剎那，湯姆冰冷的軀體淌進一道暖流，這是在冰冷湖水中也能感受到的、生者的溫度。

就是這嚇了她一跳吧？

僵硬低溫的死者之觸，突然被這麼碰到肯定會嚇一大跳。聽見潔西卡的驚呼與自己的安撫，湯姆咧嘴，任湖水灌入早已失去功能的肺部。

在這種時候還能對女生惡作劇一下，湯姆也滿足了。

與同樣下沉中的父親對視，在瑞許只剩兩個大窟窿的眼眶裡，他卻能感受到「眼神」的存在。

拳頭與拳頭相碰，閉上眼睛、張大嘴笑；湖水咕嚕咕嚕地流進口鼻，並沒有難受的感覺，他們是依傍大湖為生的，那麼如今作為死者，葬於湖底應該也是不錯的結局。

後背觸碰到實地，闔起的眼皮已經沒必要再睜開了；如果硬要睜開，想必也會被揚起的泥沙弄得什麼也看不清吧。

……

自己和父親。

就這樣，愉快地被埋葬吧。

他們平躺著，河底的軟泥支撐不住兩人的重量，開始下陷的同時也將父子倆拖入地裡。

謝謝款待。

這是最後的最後，當隔著眼皮能感覺到的、最後一絲光線消失的同時，湯姆與瑞許發出的話語。

終章　那對……

穿過亞伯特．費雪的食道，艾德回到了家裡的紫藤花園。

一束束垂落的花簇，彷彿與時間完全脫節，還保持著當初的樣子。

當初，和自己與葛瑞絲生活時一樣。

——和葛瑞絲遇害時一樣。

艾德從包包裡拿出那本「書」。

如果是這本書將噩夢與款待的詛咒帶來世間，那麼現在，它為自己帶來了什麼？

這個大屋，是葛瑞絲的噩夢、也是美夢，那對自己來說呢？

與葛瑞絲相遇，與葛瑞絲分離，再回到葛瑞絲身邊、並成為她唯一的拯救者。

這不就和兒時看的英雄電影一樣嗎？

有食人狂魔，有可愛可憐的小女孩，還有謎樣的超自然事件。身處這個小鎮，作為警長，身上帶著一把槍，在重重困難中拯救重要的事物，這簡直就是「主角」了嘛。

「哈哈……」花簇無風自動。艾德直挺挺地站在花園中央，自嘲地笑了。

如果自己的理智還正常的話，一定會大喊著「這才不是我想要的！」然後痛哭失聲吧。

但在能清楚認識到自己早已失常的現在，心中竟然感到奇怪的舒坦。

深愛著葛瑞絲，與其同時升起的卻是憎恨。他無比相信，不管是物理或心理層面，如今就是他最接近葛瑞絲的時刻。

邁步前進，穿過走道，打開通向內屋的門。

他知道自己將面對的不會是款待、也不會是噩夢。

「我回來了！」

所以如往常一樣，艾德喊著過去每晚下班，歸宅時必定脫口而出的話語。

但他沒有得到一如往常的回應，而只有個身影帶著輕巧的腳步聲，從前方迴廊處掠過。

「哼哼——」熟悉的女孩笑聲遠遠地傳入耳中：「來捉我吧。」

「砰」從天花板上掉下一塊時鐘，滴答滴答響的秒針似乎在催促著什麼。

捉迷藏嗎？

說起來，自己好像還是第一次和葛瑞絲玩這個呢。艾德無奈地笑笑，轉過身、捂上眼睛並開始讀秒。

「20……」

「19……」

「……」

「……」

「3……」

「2……」

「1……」

數完秒數，艾德轉身便往深處探去。

這裡是大屋、但也是艾德熟悉的家，這裡並非外頭混亂的空間，且還留有一切過去的足跡。

很奇妙的是，這裡是葛瑞絲被殺害之地，艾德一想起這件事就會心悸；可是現在，看到自己與葛瑞絲一點點構築起來的生活痕跡，每到一個房間，那就像做了場美夢一樣。

走著走著，葛瑞絲在這裡遇害的經過一幕幕浮現於眼前，每過一條廊道，那就像陷入夢魘般。

艾德的視野裡同時重疊著兩種影像，遙遠過去的噩夢與剛逝去的幸福，都如發生在昨天般清晰。

「曾一起做料理的廚房。
一同共餐的飯廳。
一起坐著看電視的客廳。」

這一切都是很美好的，但它們同時也是——

「葛瑞絲被分割烹調的廚房。

亞伯特·費雪曾進食的飯廳。

堆放著各種不祥之物的儀式場。」

於是艾德就在這重疊的兩種情境中，追尋著葛瑞絲的身影。他總能聽見她「哼哼」的笑聲、跑過樓梯的腳步聲；能看見經過轉角時的一截衣角，並且奮而上前，而後在這似乎無止盡的追逐中，他意識到了。

——在那些充滿回憶的場所流連，能找到的僅能是幻影而已。

已無關乎噩夢與美夢，現在自己所要捉的，是真相在此的具象化。

葛瑞絲真正躲藏的地方、她一直以來所在的地方。

躲起來、那就是藏起來了，葛瑞絲被藏到哪裡了呢？

她的血肉都進亞伯特·費雪的肚腹裡了，那麼剩下的呢？

在漫長的時間與寂靜中交結的思緒，令艾德腦中浮現無數種猜想，並一一篩選，最終他為自己的想像感到驚駭，於是一轉身，朝來時的原路奔跑回去。

可能吃剩下的，那就是骨骼和內臟了。

但那食人魔可能連內臟也不會放過、有的話也早就腐化了，事到如今能剩下的，就只有骨骼了。

奔下樓梯，跑過廚房、飯廳、諸多房間與道道迴廊，他回到了花園。

「紫藤狼人」，亞伯特·費雪被如此稱呼，被他吞噬的葛瑞絲……被紫藤吞噬的葛瑞絲……艾德的呼吸愈來愈快，他一腳踢翻花架，並在紫色花簇散落的土地上，狂躁地用手扒挖著。

表皮磨破、指甲翻裂，他甚至都沒想到要使用工具，由十指尖流出的血滲入土裡，期間帶來一陣陣劇烈的刺痛。

但這一切，與當他真挖到東西時的、內心的震動比起來根本不算什麼。

首先是骨片，不知是那個部位的碎塊。

再來是肋骨。

然後是盆骨。

肱骨、股骨、脊椎、肩胛，沒有任何順序，本該是人類的骨頭以混亂無比的次序被掩埋，這個死者哪怕在死後也不成人形。

「這個死者」？自己這是在自欺欺人！艾德自嘲地笑了，這就是葛瑞絲。捧著她連腦髓都被挖空的、分裂的頭骨，他不曾想像那個可愛的小女孩，她的屍骨都被當作廚餘花肥對待，明明是理所當然的事。

這些細小殘缺、孩童的骨骼碎塊上，滿布湯匙刮挖、刀片削剝的痕跡，艾德感覺這就是最後一塊拼圖，讓自己抵達葛瑞絲真實的最後一角。

但同時他也感覺自己從沒這麼憤怒過。

他幾乎能看見那殺人魔坐在餐桌前，細細品味她的景象。

或許手邊還有一杯紅酒？

「該死!!」他跪在地面，左手撐地、右手高高舉起並奮力捶下。

但那大力揮下的拳頭，並沒有擊打在預想的泥地中，而是堅硬的磚鋪地面。

回過神來，他已經在屋內了。

「哼哼，你怎麼了呢？手不痛嗎？」而後從身後傳來，天使般魅惑的女孩嗓音。

「葛瑞絲!?」艾德連忙起身轉頭，但視野裡空無一人，取而代之的是背後傳來的觸感。

「艾德哥哥，」葛瑞絲從背後抱住艾德，用臉蹭了蹭他的腰間：「你終於找到我了。」

「……」艾德小心翼翼地轉頭。

然後他看到了，那個正抱住自己後腰的、可愛的金髮小女孩。

蒼白的肌膚，無辜無生氣的眼瞳，被那雙眼仰視時，任何人都只能生出極度憐愛的情緒。

但艾德不是那樣，他還能感受到自己的愛槍隔著皮套，所傳來的冰冷溫度。

「找到妳了，葛瑞絲，」他嘴角微翹，試圖像往日一樣應對她的惡作劇：「但現在看起來……怎麼好像我被妳捉住了一樣？」

「唔嗯，」葛瑞絲搖頭：「你可是『警長先生』呢！明明就是你捉住了我。」
艾德才發現自己已半蹲下，將她擁入懷中。
好冷，艾德再次認識到，葛瑞絲這不是他原本以為的低體溫，而是冰冷的屍體。
但也很暖和，尤其是葛瑞絲試圖再往懷裡鑽得更深時，艾德都能感覺到自己心臟劇烈地跳動。
太好了。
終於再次見到她了。與心情相反，太過安穩的空氣讓他一時說不出話來。
過了一會，懷中的葛瑞絲忽然抬起臉，與艾德四目相對：「我可以問你一些問題嗎？」
「當然可以，孩子。」艾德撫摸她的頭頂。
「你的下屬死了，你的朋友死了，在這個小鎮中你認識的人都死了——你怎麼還能像這樣擁抱我？」
艾德一愣，隨即苦笑，葛瑞這種可謂唐突的切入方式，簡直就和當初相遇時一模一樣。
「當然可以，孩子，」於是他用低沉，但溫和的嗓音回答道：「有什麼不行的嗎？」
「我不值得可憐。」
「我知道。」
「我應該要是被憎恨的。」就像在鬧彆扭，她用細小的聲音說著。

「我也知道。」
「你了解我的感受嗎？」
「當然。」
失去一切的人，傷害周遭的人。他們唯一的區別只在於，艾德是為葛瑞絲而做的。把還有形貌的行屍走肉燒成灰燼，讓他們掛在半空永受折磨，這是沒有意義的，但同樣地，葛瑞絲的做為也不是出於什麼目的。
從無意義的殘忍暴行中，艾德找到了共鳴。
衡量著值不值得，執著著自責著，直到龐大的罪惡感將生的希望都壓垮為止、期望生命能就此畫下句號。他找到了答案——這就是葛瑞絲的心情。
不是款待更不是自虐的噩夢，葛瑞絲需要的只是安息。
「你恨我嗎？」
自艾德懷中抬起頭，葛瑞絲與他的眼睛完全對上。
「我恨死妳了。」艾德回答。
「你愛我嗎？」
艾德沒有回話，但抱住她的雙臂又更緊了一些。
「這樣就對了，」葛瑞絲鑽出艾德的懷抱，踮腳展臂轉了兩圈：「還記得你每晚給我講的故事嗎？王子親吻沉睡的公主，然後奇蹟砰地一下發生，詛咒消失，他們從此過上幸福的生活。」

「但現實沒有這麼好過，甚至可以說是完全相反。」她又說。

艾德明白，他們先是過了幸福快樂的生活，然後和周遭的一切全被拖入地獄的詛咒。現在葛瑞絲無法入眠，而她需要的也不是一個吻。

「妳不是公主。」

「我當然不是！可大家總把我當公主般款待！直到現在，」葛瑞絲顯得不忿，但看向艾德時表情又變得非常陶醉：「但艾德哥哥，你是能理解我的。」

「沒有詛咒、沒有祝福；沒有款待也沒有噩夢，在你身邊我可以不用作為屋主……」

「你只是個小女孩！」艾德插話：「一直都是。」

「……」葛瑞絲愣了下，但那呆滯的表情只維持了短短一瞬，而後「哼哼」地笑出聲：「對，我只是個小女孩，可憐、也可恨——這樣的我，和不可憐也不可恨、『普通』的女孩有什麼區別呢？」

「沒有區別。」艾德篤定地回答。

「沒有區別，那麼像我這樣普通的女孩，」葛瑞絲用雙手捧住愛德的臉，額頭輕輕地相碰：「就能被殺死了，對吧？」

這簡直就是哀求。

不忍心看她的眼神，這種對未來畸變的期待，或許才是詛咒的主體吧。
不只是葛瑞絲的，同時也是自己的。
赴死的孩子，和現狀唯一能送這孩子上路的成年人。
這開的是哪門子玩笑？
艾德想這麼問，但他已做好覺悟：「我恨妳——沒有比這更『真實』的了。」
「當然，」葛瑞絲伸手觸碰綁在他大腿上的槍套：「沒有任何詛咒比得過它。」
她靜靜地盯著艾德，同時一道道黑線從她的領口和袖口爬出，蔓延上慘白的皮膚，那些彷彿從內部將葛瑞絲分割成無數塊的、潛藏惡意的陰影，不用想也知道意味著什麼。
艾德看著一會是可愛女孩、一會是一堆屍塊的葛瑞絲，是他的話就可以承受這副景象。
因為那也是葛瑞絲。
就像三位仙女對灰姑娘下的魔法，她美麗的衣裳、豪華的南瓜馬車與駿馬，在魔法失效後就會回歸本形。而同樣的情況下，葛瑞絲要回去的是被分屍而死的深淵。
「但那也比現在好多了，不是嗎？」而葛瑞絲的眼神，卻無時無刻不在闡述這樣的話句。
那就沒什麼好說的了。
艾德深吸一口氣，從腿側拔出他的愛槍，並非從胖韋伯那搜刮來的魯格Super Redhawk，而是他用慣了的史密斯威森M28。

拉下擊錘，慢慢地抬手，將槍口對準葛瑞絲的額頭，食指放上扳機——

「等等！」葛瑞絲忽然大叫：「艾德哥哥你不能這樣，這以晚安時間而言也太粗魯了。」

艾德一怔，隨即意識到自己的不對。於是他一把將葛瑞絲抱起：「目的地是哪呢？我的女孩。」

「遵命。」

只見橫在艾德胸前的葛瑞絲伸手一指：「往睡房前進！」

《臨別前的行進》，如果是電影，大概會配上這種名字的歌曲吧。艾德耳邊響起奇異的旋律，走過迴廊、轉過客廳，經過一個個空盪的房間，期間時鐘的滴答聲、電視跳出的節目、收音機的沙沙聲、吹過廊道的風，這一切的一切交織著、放大迴響成近乎統一的樂曲，他抱著葛瑞絲闊步而行。

當愈來愈接近葛瑞絲的房門，那樂音愈加輕柔，艾德的腳步也緩了下來。

「咯嚓」轉開門把，咿呀地推開門，小夜燈跟著點亮。他把葛瑞絲輕放到床上。

樂音已經減弱到幾乎聽不見了，取而代之的是葛瑞絲的話語。

「艾德哥哥，最後能再唸故事給我聽嗎？」

「好，」艾德為葛瑞絲蓋上被單：「妳想聽什麼？白雪公主？小美人魚？還是夢遊仙境？」

「不，那些我都聽膩了，你身上帶的那本就好。」

「妳是說，」艾德遲疑地從風衣內袋掏出那本「書」：「它？」

「對！就是它。」

「可是它……」

「讀讀看。」

「但……」

「讀讀看嘛。」葛瑞絲側臥，一隻手撐著臉頰，露出期待的笑容。

好像她完全知道這是什麼東西一樣，狡黠的笑臉。艾德忽然想起側睡似乎對小孩子不好，於是強行把她壓回正躺睡姿。

「我說，」葛瑞絲氣得鼓起雙頰：「快點唸給我聽！」

「好、好。」在葛瑞絲的催促下，艾德隨即翻開書頁，上面一如既往的是一堆歪曲線條，但與以往不同，這次他完全沒感覺到那灼燒視網膜的熱痛。

翻了一頁又一頁，他原本以為裡面都是些汙穢詛咒般蠕動的惡意，但在那縱橫交錯的線條中，他看見了，並講述了——

那是一個又一個，或灰暗或繽紛，帶有豐富色調的夢境。

——比如關於從群星深處降臨、為世界帶來異色少女的夢。

——在殘酷的夢境與現實徘迴，於一片混亂中成長的女孩幻境。
——於遙遠的時代旅行，看遍荒蕪世界的兵器之夢。
——在地獄中飲酒尋歡，踏入安樂之死的父子美夢。
——對著殘酷聖像不停祈禱，直至一切終結的母女噩夢。
——將孩童汙辱殺害，並一一送入肚中的殺人狂狂想。
——還有被分屍吞食，最終自身化為詛咒的女童睡夢。
——最後，是被女童拯救的警長，他將她……

艾德拍了拍葛瑞絲的腦袋，拾起手槍，輕輕地把槍口放到她額頭上。
「這次，是真的該睡了呢。」葛瑞絲說。
「嗯。」
「我想再問一次，你原諒我了嗎？」
「不，」艾德搖頭：「像妳這樣的孩子，能被可憐，但不能被原諒；妳要原諒我，我必須得把妳送回墳墓。」
「墳墓？我只是想鑽回被窩裡去而已，」葛瑞絲一如既往地哼哼笑著：「你知道嗎？我其實很想就這麼一直跟你生活在一起。」

「我也是。」

「那為什麼你還要這麼做呢？」葛瑞絲用手指輕敲額前的槍口。

艾德往四周看了一圈，又望向葛瑞絲：「理由已經夠多，也夠明顯了，不是嗎？」

葛瑞絲沒有回答，她只是閉上眼睛。

「我會想你的。」

「我也是……」

「睡過去之後，那裡還會有像這樣的『家』嗎？」

「會的，如果沒有，我們可以再蓋棟一樣的。」

「你會來我的夢裡？」她微笑。

「遲早會的，妳會等我嗎？」

「我會等著你的。」

……

……

期間間隔著一陣沉默，這個房間裡，好像有什麼「東西」被打破了。

「哼哼……」那是笑聲，但已有些顫抖。

兩道淚水，從葛瑞絲的眼角滑出，並劃過雙頰。

「我真的好愛好愛你……」

「我也是，葛瑞絲、我的孩子，我也很愛妳。」

「但我該睡了，」彷彿是故意要讓艾德永遠也遺忘不了般，葛瑞絲壞心眼地，展露出那只屬於純真孩子的、早該遺失的、天使似的笑容：「艾德哥哥，晚安。」

那就像是一般的孩子，對未來充滿希望，將早晨與親友的存在當成理所當然般，那樣幸福的笑容。

「我們可以再互相看對方一眼嗎？」

「不要，」葛瑞絲依舊沒有睜眼：「你現在的表情一定很難看。」

艾德緊咬下唇，滲出的血珠混著淚水，從上方滴到槍身，再順著槍管滑落到葛瑞絲的額頭。

「……晚安，葛瑞絲。」

「晚安。」

「砰」

於寂靜中升起的煙硝，一聲槍響、一道火光，一顆子彈打進葛瑞絲眉間的黑線，這飽含恨意愛意還有殺意的小金屬塊，一定能傳達到那陰影的深處吧。

女孩的雙手交握在胸前，如在向詛咒的源頭祈求。

艾德也在祈禱著，葛瑞絲能實現她的渴望。

而後隨著「碰」地一聲，大門敞開了。

一陣強風掠過，同時整座大屋都在向門口收束。被擠壓的空間與轉動的重力，將這裡變成了彷如古代聖殿般的圓頂大廳，而艾德的頭頂上、一圈圈環狀空間的中央，就是那扇大門的所在位置。

同時，蔓延葛瑞絲全身的黑線也逐漸加粗擴張，直到將她整個人都染成宛如空間破了個洞般、純粹的漆黑樣態。

這片葛瑞絲形狀的陰影，在上方大門直射而下的光芒中逐漸分解消融，最後在那裡的，是同樣由光構成的女孩人形。

那是奇異的光芒，就像融化柏油反射的虹光，飄盪著人眼本不能視的色彩，扭曲擠壓交結，而這一切都在那光柱中，如重力般將女孩引入天上的深淵。

艾德癡癡地看著這副景象。

看著葛瑞絲就這麼緩緩上升，穿過那扇門扉，在強光中逐漸消失。

而在那瞬間，艾德隱約看見了門後的景象——那是美麗的、瘋狂的、浩大的，只存在於幻夢之中的國度，在那滿溢光輝與深邃黑暗的神話世界裡，肯定也有許多祝福與殘虐的詛咒吧？

並非聖經裡的天堂或地獄，像葛瑞絲這樣的孩子，無關善心惡意，她僅是徘迴著，將一切都拖入眼前的終點。

而跨越終點，在那扇門的彼端、於長久的時間盡頭，葛瑞絲也會在那靜候艾德入夢。

那年春末，小鎮在燃燒。

（全書完）

釀奇幻37　PG2285

大屋中的葛瑞絲
Grace In The House

作　　者	小葉欖仁
責任編輯	喬齊安
圖文排版	林宛榆
封面設計	王嵩賀

出版策劃	釀出版
製作發行	秀威資訊科技股份有限公司 114 台北市內湖區瑞光路76巷65號1樓 電話：+886-2-2796-3638　傳真：+886-2-2796-1377 服務信箱：service@showwe.com.tw http://www.showwe.com.tw
郵政劃撥	19563868　戶名：秀威資訊科技股份有限公司
展售門市	國家書店【松江門市】 104 台北市中山區松江路209號1樓 電話：+886-2-2518-0207　傳真：+886-2-2518-0778
網路訂購	秀威網路書店：https://store.showwe.tw 國家網路書店：https://www.govbooks.com.tw
法律顧問	毛國樑　律師
總 經 銷	聯合發行股份有限公司 231新北市新店區寶橋路235巷6弄6號4F 電話：+886-2-2917-8022　傳真：+886-2-2915-6275

出版日期	2019年8月　BOD一版
定　　價	260元

Printed in Taiwan

國家圖書館出版品預行編目

大屋中的葛瑞絲Grace In The House / 小葉欖仁著. -- 一版. -- 臺北市 : 釀出版, 2019.08
面 ; 公分. -- (釀奇幻 ; 37)
BOD版
ISBN 978-986-445-340-5(平裝)

863.57 108009373

讀者回函卡

感謝您購買本書，為提升服務品質，請填妥以下資料，將讀者回函卡直接寄回或傳真本公司，收到您的寶貴意見後，我們會收藏記錄及檢討，謝謝！

如您需要了解本公司最新出版書目、購書優惠或企劃活動，歡迎您上網查詢或下載相關資料：http:// www.showwe.com.tw

您購買的書名：________________________________

出生日期：________年________月________日

學歷：☐高中（含）以下　☐大專　☐研究所（含）以上

職業：☐製造業　☐金融業　☐資訊業　☐軍警　☐傳播業　☐自由業

☐服務業　☐公務員　☐教職　☐學生　☐家管　☐其它_____

購書地點：☐網路書店　☐實體書店　☐書展　☐郵購　☐贈閱　☐其他

您從何得知本書的消息？

☐網路書店　☐實體書店　☐網路搜尋　☐電子報　☐書訊　☐雜誌

☐傳播媒體　☐親友推薦　☐網站推薦　☐部落格　☐其他__________

您對本書的評價：（請填代號　1.非常滿意　2.滿意　3.尚可　4.再改進）

封面設計____　版面編排____　內容____　文／譯筆____　價格____

讀完書後您覺得：

☐很有收穫　☐有收穫　☐收穫不多　☐沒收穫

對我們的建議：________________________________

請貼
郵票

11466
台北市內湖區瑞光路 76 巷 65 號 1 樓
秀威資訊科技股份有限公司 收
BOD 數位出版事業部

(請沿線對折寄回，謝謝！)

姓　　名：＿＿＿＿＿＿＿＿　年齡：＿＿＿＿　性別：□女　□男

郵遞區號：□□□□□

地　　址：＿＿＿＿＿＿＿＿＿＿＿＿＿＿＿＿

聯絡電話：(日) ＿＿＿＿＿＿＿＿ (夜) ＿＿＿＿＿＿＿＿

E-mail：＿＿＿＿＿＿＿＿＿＿＿＿＿＿＿＿